COLLECTION FOLIO

Louis Calaferte

La mécanique
des femmes

Gallimard

© *Éditions Gallimard, 1992.*

Louis Calaferte est né le 14 juillet 1928. Après une expérience directe de la vie, il publie son premier livre, *Requiem des innocents,* en 1952, puis, l'année suivante, *Partage des vivants.* Il consacre alors quatre ans à la rédaction de *Septentrion,* fresque autobiographique destinée à rendre compte de ses expériences passées et à dessiner l'avenir de ses options intellectuelles et spirituelles. En raison de sa nature, l'ouvrage a été condamné et ce n'est que vingt ans plus tard qu'il sera réédité chez Denoël, en 1984. Après un silence de cinq ans (1963-1968), Louis Calaferte recommence à publier un récit, *Rosa Mystica,* et un recueil de textes, *Satori,* partageant à partir de cette époque son travail entre littérature et expressions picturales.

Il est l'auteur de plus de cinquante volumes, récits, nouvelles, poésie, théâtre, carnets, essais. Ses pièces sont régulièrement représentées en France et à l'étranger et de nombreuses expositions lui sont consacrées.

Louis Calaferte est mort le 2 mai 1994.

Ce n'est pas la femme, c'est le sexe. Ce n'est pas le sexe, c'est l'instant — la folie de le diviser, l'instant — ou celle d'atteindre... quoi ?

Ce n'est pas le plaisir — c'est le mouvement qu'il imprime, c'est le changement qu'il demande, harcèle, et devant lequel il retombe, brisé, rompu, couronné d'une jouissance, liquéfié, achevé, béat, mais la volupté cache sa défaite.

PAUL VALÉRY,
Cahiers, II, *Éros*.

Chambres d'hôtels au petit matin où on n'a pas dormi, étrangement vides, silencieuses. On souhaiterait que le monde se pétrifiât pendant que, dans le lit, après les dépenses de la nuit, le petit corps en boule sous les couvertures se repose d'une demi-somnolence qui, bientôt, s'interrompra pour la séparation du jour nouveau.

— Tu ne penses jamais à la mort ?
Elle tourbillonne gaiement sur elle-même.
— Je suis jeune !
— Je te parle sérieusement. Tu ne penses jamais à la mort ?
Sa main, qu'elle applique à la jointure de ses cuisses, la robe creusée.
— Je pense à ça. C'est pareil.
Une expression de mépris.
— Tu veux de ma petite mort ?
Le corps en arrière, elle tend son sexe.
— Et avec elle, on meurt plusieurs fois. Tu

veux essayer ? Je suis une bonne petite mort
salope.

— Je te demande si tu ne penses jamais à la
mort ?

En fureur, le regard dur.

— Tu m'emmerdes avec ta mort ! Moi, je
baise, et tant que je baise, la mort, je m'en fous !

Rageusement jetée dans un fauteuil.

— Ta mort, tu peux te branler avec !

M'approchant d'elle.

— Ne me touche pas.

Elle enfouit sa tête dans ses bras repliés.

— Je ne veux pas qu'on me parle de mort !

La voix aiguë.

— Je suis vivante, moi, vivante !

J'allume une cigarette.

— Qu'est-ce qui te fait si peur ?

Dressée comme sous l'effet d'une décharge
électrique.

— Le Diable, si tu veux le savoir ! Satan ! Luci-
fer ! Le Diable !

En larmes, elle rit follement.

Un ruban mauve.

— Donne-moi la main, je vais t'emmener dans
les rues que tu aimes.

Au milieu des consommateurs, ses yeux qui ne me quittent pas, agrippés aux miens, petits cailloux d'un noir ardent, le visage impassible, elle retire de son verre le glaçon qu'elle lèche d'une langue enveloppante, le faisant nonchalamment tourner devant ses lèvres écartées, puis un instant le glisse dans le décolleté de la robe d'été, l'en ramène, l'enferme dans sa paume jusqu'à ce que la tiédeur le fasse fondre en gouttelettes qu'elle rattrape du bout de la langue avant de le loger dans sa bouche où elle le fait aller d'une joue à l'autre pour enfin le recracher dans le verre avec une longue mousse de salive, fermant alors profondément ses paupières comme si elle éprouvait une bienheureuse fatigue amoureuse.

Étroit et sombre, l'escalier de bois de l'hôtel.
— On voit ma culotte quand je monte ?
— On l'aperçoit.
— C'est bandant ?
— Naturellement.
— De quelle couleur elle est ?
— Bleue.

Elle se jette dans mes bras. Corps souple.
— Je viens de me faire enfiler, là, dans la rue. J'ai encore de son foutre séché sur les cuisses.

Souffle à mon oreille.
— Parle-moi.
Ses cuisses dures nouées à mes hanches.
— Dis-moi que je suis une salope.
Rire bref, crissant.
— Tu n'oses pas me le dire, hein ?
L'humidité de sa langue chaude.
— Salope.
— Belle petite salope.
— Belle petite salope.
— Douce petite salope.
— Douce petite salope.
Sa tête aux cheveux embroussaillés bat violem-
ment contre ma poitrine.
— Avec toi, je bande.
Les dents qui prennent la peau et mordent.
— Je n'oublie pas un homme qui m'a fait bander.

Tassée, fripée, les yeux humides, plantée parmi
les passants, son sac à main usé sur le ventre.
Elle s'approche d'un pas hésitant.
— Tu veux me voir nue ?
La foule s'entrecroise sur le trottoir.
— J'ai les plus beaux nichons du monde.
Elle est vieille, apitoyante.
Sa main dans la mienne, qui m'entraîne jusqu'à
un immeuble de quartier pauvre dont le long corri-
dor conduit à une cour étriquée où grisonne la
lumière d'un ciel de pluie.
— Regarde.

Elle soulève des maillots de laine raccommodée aux teintes passées.

— Tu vois comme ils sont beaux ?

Poches vides, plates, longues quenouilles d'un blanc mou.

— Tu peux toucher.

— J'ai cinq bites rien que pour moi. En ce moment, celle que j'aime le mieux, c'est ma petite bite froide.

Portant le creux de sa main à son visage pour le sentir.

— On t'a déjà dit que ton foutre sent bon ?

Elle passe rapidement sur ses doigts le bout de sa langue.

Dans la nuit, elle s'élance sur la place publique, court jusqu'à un arbre qu'elle s'efforce d'entourer de ses bras, et, comme dans l'amour, fait aller son corps d'avant en arrière, ensuite se frottant à lui de son sexe, ses mains enveloppant ses seins, la tête renversée, bouche ouverte dans de petits halètements de plaisir.

Nue sur le lit au drap rejeté, grave de la gravité de sa jeunesse incertaine en cet instant qu'elle a souhaité, elle lève imperceptiblement la main.

— Viens, je veux te faire mourir.

— Laisse-moi entrer dans ta poche, je te branlerai en marchant.

Son sac de voyage rempli de vêtements.
— Je vais me changer toute la nuit, je vais me transformer, me métamorphoser pour toi. En petite fille ingénue, en jeune fille, en femme du monde, en maîtresse de maison, en putain. Comment me préfères-tu ? Je commencerai par le plus sage, jusqu'au plus salope. Quand j'aurai tout fait devant toi, ta bite sera malade.

Empreinte rouge de ses lèvres sur une lettre.

Le train part. Derrière une vitre, la jeune fille blonde me regarde et agite le bout de sa langue.

— Je veux te cracher dessus.
— Je te crache dessus.
— Je crache sur ta bite.
— Je suis pleine de foutre et je crache mon foutre sur toi.
— Est-ce que ma salive a une odeur ?
— Ma salive a une odeur de Diable.

— Je crache le Diable.

— Je mets une épingle à ma robe parce que l'un des boutons de l'échancrure a sauté.

— Est-ce que tu vois mes cuisses dans l'échancrure de ma robe ?

— Mets-toi par terre.

— Je veux te marcher dessus.

— Je te marche dessus.

— Je veux t'écraser les couilles avec mes talons.

— Est-ce que tu vois ma culotte ? Ça fait comment ?

— Est-ce que tu vois des poils ?

— C'est ma chatte qui te mange les couilles.

— Je voudrais entrer dans tous tes trous.

— Je veux te cracher dans la bouche.

— Je te crache dans la bouche.

— Recrache-moi dans la bouche.

— Je veux que tu me craches dessus.

— Crache-moi dessus.

Longues jambes maigres, droites, trop blanches sous la coupole de la robe défraîchie.

Elle a une voix criarde, les cheveux roux en bataille, de grandes mains aux doigts d'araignée, toujours un peu de bave dans les coins de sa bouche, elle ne sent pas bon, au lieu de marcher, on dirait qu'elle saute, de grandes enjambées, comme des insectes, l'été.

Chaque fois, elle veut qu'on aille du côté de la cimenterie abandonnée, là où il y a des flaques de boue rouge, des rats qui se sauvent en piaulant, de gros oiseaux noirs qui font peur.

Si on refuse de la suivre, elle devient enragée.

— Tu verras, petit dégueulasse ! Les chiens te la mangeront ! Ça pissera le sang partout et t'auras plus de zouzette, et ce sera bien fait pour toi, il fallait venir avec moi à la cimenterie, tu es déjà venu, tu sais comment je fais ? Alors ? Ça fait pas mal ? Je mords pas, moi. Tu le regretteras quand les chiens du haut viendront te la manger, mais ce sera trop tard. Et puis, à la cimenterie, des zouzettes, j'en ai tant que j'en veux, y a pas que la tienne. Va la donner aux chiens du haut, la tienne ! Elle est bonne qu'à ça ! D'abord, je l'aime pas. Elle pue. Elle est trop petite. Je rigolerai bien le jour où les chiens du haut te la mangeront ! Surtout, viens plus jamais me demander de te la manger. J'en ai d'autres, heureusement, et des plus grosses ! Je le dirai aux chiens et ils viendront te la manger ! Ils me connaissent, ils m'obéissent. T'auras plus de zouzette, et ils mangeront les boules avec, t'auras plus rien, comme une fille ! Oh ! la fill-eu !... Oh ! la fill-eu !...

Douce rotondité de ses seins sous la laine rose de la veste.

— Est-ce que tu as remarqué ?

Elle est assise sur une banquette du restaurant en face de moi, qui la domine de la hauteur de ma chaise.

— Je n'ai pas de soutien-gorge, ça se voit ?
Elle abaisse les yeux sur sa poitrine.
— Ils ne sont pas bien gros, mais je crois quand
même que ça se voit.
Sa jambe s'insère entre les miennes sous la table.
— Je n'ai pas de culotte non plus. Je suis bonne
à baiser n'importe où.
Son assiette remplie devant elle.
— On mange, et tu me baises tout de suite en
sortant, dans la première porte. Ma jupe a des bou-
tons.

Coiffée, légèrement maquillée, en pantalon et
gilet cintré, elle est une déchirure de beauté.

Elle me tient la main en nous promenant.
— Ce que j'aime, c'est quand je m'en suis fait
une, et que j'ai l'impression d'avoir la chatte encore
ouverte.

La nuit, elle ne peut pas rentrer chez elle, tout
des rues l'attire, les promeneurs solitaires, les
ivrognes, les demi-fous, les prostituées, les rafles de
police, les ombres inquiétantes qu'on croise, la vie
comme ankylosée des cafés, les lumières, les
couples enlacés debout contre un mur, la femme
qui tient un discours incohérent, les voitures qui
ralentissent à sa hauteur, le conducteur qui baisse sa

vitre et la siffle, elle y va ou non, si elle n'accepte pas, on l'insulte, ça ne lui déplaît pas, les quartiers plus pauvres, presque déserts, le métro aérien qui glisse comme un long jouet dans la nuit, les hommes qui la suivent de rue en rue sans l'aborder, dont, soudain, on n'entend plus le pas, la fatigue qui se répand dans les nerfs comme une coulée froide, elle voudrait être dans son lit après avoir pris une douche, mais, en même temps, être encore ici, le jeune homme qui a été accroché sur sa moto-cyclette par la voiture d'un couple, interdit au bord du trottoir devant le corps à la tête et aux mains en sang, quelqu'un s'approche, la frôle intentionnelle-ment, elle lui crie un mot ordurier, il s'en va, il boite d'une jambe, pourquoi ne pas coucher avec un boiteux ? les sirènes de police dans son dos, l'air s'est rafraîchi, elle frissonne, le sang du jeune homme était noir sur la chaussée, est-ce qu'elle mourra une nuit dans la rue ? elle ne veut pas pen-ser à la mort, il est tard, elle ne rentre pas encore, elle connaît un café où elle peut embarquer un homme, elle a envie de prendre un taxi, une nuit elle a sucé le chauffeur et la course a été gratuite, combien a-t-elle sucé d'hommes ? pourquoi les hommes aiment-ils tant être sucés ? il y a un attroupement au bout de l'avenue, elle traverse, elle est suivie, elle se retournera tout à l'heure, s'il est jeune, elle se l'enverra, elle a profondément envie de faire l'amour, de jouir, la plupart tirent leur coup et s'en vont, jouir à fond, s'endormir jusqu'au lendemain, il faudrait un hôtel convenable, ils choisissent tous des hôtels bon marché, il y a aussi ceux qui cherchent à le faire en vitesse dans le premier coin venu, ce soir elle voudrait, elle ne sait pas ce qu'elle veut, si c'était un très grand hôtel, une très belle chambre, elle se retourne, vieil homme voûté, pauvre con, qu'est-ce qu'ils se croient tous ces minables ? si elle veut une bite, elle n'a que le choix, le jour va bientôt se lever, elle arrête un taxi et se fait conduire à une adresse, ce qu'il y a de plus excitant, c'est qu'en montant l'escalier, ou dans l'ascenseur, elle sait que, là-haut, la bite qui l'attend est déjà raide, quelquefois, pour le plaisir de savoir qu'on bande derrière, elle ne sonne pas tout de suite à la porte, la nuit est une folie rouge.

— Tu sais qui je suis ?
Ironique.
— Une débauchée.
Son mouvement lascif.
— Débauchée, luxurieuse, corrompue, déréglée, voluptueuse, immorale, libertine, dissolue, sensuelle, polissonne, baiseuse, dépravée, impudique, vicieuse.
Me baisant la main avec une feinte dévotion.
— Et malgré tout ça, je veux qu'on m'aime.

Dans la cour désaffectée, le chien à l'attache aboie plaintivement.

Elle écrit :

Depuis que je te connais, j'aime me promener nue dans ma cuisine. J'aime savoir que tu aimerais me voir ainsi.

Impossibilité pour ainsi dire biologique de rapporter quoi que ce soit de ce qu'elle a vu ou vécu dans le moment précédent. A l'interroger, on n'obtient d'elle qu'un mutisme exaspérant, inspirant à la fin compassion pour cette petite fille que le mouvement du monde semble se refuser à absorber.

Je lui souris. Elle me regarde avec, d'abord, un peu de crainte, puis essaie à son tour d'un timide sourire, fixe ses chaussures, les mains appliquées l'une sur l'autre contre son ventre.

Je prends le parti de siffloter. Instantanément, elle se met à sautiller dans la chambre comme si tout était oublié de ce qui venait d'avoir lieu.

— Tu sais, je t'aime bien. Toi, je t'aime bien.

Elle se plante devant la fenêtre, le front contre la vitre. De mon côté, je fais semblant d'être occupé.

Avec une conviction grave :

— Oui, toi, je t'aime bien.

Les volets de bois sont fermés sur la chaleur qui fait grésiller la charpente, le zinc, les tuiles du toit. Entre leurs lamelles, les interstices laissent filtrer des couteaux de clarté d'une blancheur métallique

où s'entremêlent les particules de poussière. Au-
dehors, un insecte crisse insoutenablement.

Sur le lit, à demi nue, elle fixe devant elle, sus-
pendu au mur, le portrait d'une femme, beau
visage triste, le cou orné d'un collier de grosses
perles noires, à la main un éventail d'écaille fermé.

— Chaque fois que je la regarde, je me demande
comment elle devait faire l'amour ?

Pensive.

— Tu crois qu'elle a eu beaucoup d'hommes ?

Esquisse de sourire à peine saisissable.

— Autant que moi ?

Le silence.

— Je ne sais pas pourquoi je suis si salope. Je
crois que je le suis depuis toujours.

L'arrondi de l'épaule.

— J'avais envie de ça.

Les yeux levés.

— Toi, est-ce que tu me trouves très salope ?

Ils vivent ensemble, mais c'est exactement
comme s'ils étaient des étrangers, c'est difficile à
dire, surtout à un homme, pourtant c'est la vérité,
elle n'exagère pas, il y a plus de trois ans qu'il ne
l'a pas approchée, ce n'est pas lui, c'est elle, elle ne
veut plus, elle a appris qu'il a couché avec un
homme, un ami à eux, qui n'avait cependant rien
d'un homosexuel, du moins en apparence, mais
c'est quand même bel et bien arrivé, dès qu'elle l'a
su, ça a été fini entre eux, il lui fait horreur, si elle

23

consentait, elle aurait l'impression qu'il serait en train de baiser ce type et pas elle, elle ne sait pas exactement comment ça se passe entre hommes, mais elle est sûre que c'est quelque chose d'absolument repoussant, tous ces poils ensemble, elle préfère n'y pas penser, ça la ferait vomir, heureusement, les enfants n'ont rien su, rien deviné, des garçons, ça aurait été terrible, plus encore peut-être que pour elle, est-ce qu'ils font tout comme avec une femme ? si on imagine certaines choses, il y a de quoi vous dégoûter de l'amour jusqu'à la fin de votre vie, il reviendrait avec son engin qui sortirait de l'autre et qu'il lui mettrait dans le ventre ? elle aimerait mieux mourir, naturellement, elle a pensé à le quitter, mais il y a les enfants, ils aiment leur père, le respectent, ils ne peuvent pas soupçonner ce qu'il est devenu, s'ils l'apprenaient, le grand le tuerait, quelquefois, à table, les garçons plaisantent sur ce sujet, elle n'ose pas regarder son mari, elle va à la cuisine et y reste un bon moment avant de revenir, faire ça à une femme, ça n'a pas de nom, il l'aurait trompée normalement, elle aurait compris, ça n'aurait pas été le même choc, désormais, quoi qu'il arrive, il ne la touchera plus, elle a songé à prendre un amant, mais c'est plus fort qu'elle, elle s'imagine qu'ils ont tous couché avec d'autres hommes, elle a beau être encore jeune, elle ne peut plus avoir de vraie vie sexuelle.

J'aime sur la peau la légèreté des tissus frais.

Dans un angle, la petite hirondelle bleue de la tapisserie.

— Tu as couché avec plusieurs types ?
— Beaucoup.
Ses yeux flous.
— La première fois que j'ai branlé un homme, j'avais douze ans.
Passionnée.
— Je l'ai fait souvent, souvent. J'aime l'homme.

Il ne fallait pas aller du côté où habitait la dame aux grandes belles robes. Personne ne lui parlait, personne ne lui disait même bonjour. Elle enlevait les petits garçons. Sa maison en était pleine. Pleine de petits garçons qu'on n'avait jamais revus, qu'on ne reverrait jamais parce qu'elle les mangeait l'un après l'autre.

La dame aux grandes belles robes était une *fille de joie*.

— Reste où tu es, ne bouge pas.
Elle va se placer au fond de la chambre, met un pied sur une chaise, la cuisse découverte.

— Tu as vu mes chaussures ?
Rouges, à hauts talons et lacets qui enserrent la cheville.

— Ce que j'aime, ce sont les lacets, ça fait putain, tu ne trouves pas ?

Rabattant sa robe contre son ventre.

— Tu n'as même pas encore vu ma culotte.
Petite et noire.

— Elle me couvre à peine. On peut me toucher comme on veut.

La tête penchée dans le ruissellement de ses cheveux lourds. Elle suce à pleine bouche l'un des lacets défaits.

— Ça te plaît?

Le visage tourné vers moi pour que je ne perde rien de cette image à la fois enfantine et crispante.

— Branle-toi pendant que je suce.

Sa langue, ses lèvres s'avancent à la recherche du lacet qu'elle tient raide entre ses doigts.

Elle ramasse une poignée de neige sur le balcon de la chambre d'hôtel, la rapporte en riant vers le lit et m'en frictionne le sexe.

— Je me sens belle à faire trembler la terre.

Corps qui n'est qu'une longue mouvance satinée.

Dans le train, la culotte de fine dentelle qu'elle ôte en se dandinant sur son siège est maculée.

La dissimulant dans une poche, elle me regarde, baisse les yeux, rit.

Cheveux relevés, le visage au front dégagé, grande, simple, moulée dans un pantalon, elle apparaît avec le divin de la beauté, mais, comme sous une enveloppe, faussement apaisé, le feu Noir, prêt à jaillir à la première occasion.

Elle écrit :
Je te voudrais seulement chirurgien de moi. Avec un petit scalpel, découpe-moi et mange-moi.

Je pense au bout de ton sexe, je ne sais pas pourquoi, c'est toujours le bout qui me revient à l'esprit.

Suis-moi.

Suis-moi.

Je te ferai faire toutes les vitrines. Je te ferai marcher, marcher dans la ville derrière moi avec l'exquise sensation de savoir que tu vois mes jambes, mon cul, ma nuque, mes cheveux qui bougent et que tu penses à l'image de mon con qui marche. J'aimerais te savoir derrière moi, comme si on marchait ta bite dans ma chatte. J'aimerais courir. Ma chatte qui court.

Mords-moi. Je t'agace les dents.

Elle quitte le lit, son soutien-gorge au bout des doigts, corps à la peau très blanche, d'une beauté massive.

— Je ne veux pas que tu me regardes comme ça, on ne se connaît pas, j'ai un peu honte, je ne suis pas une putain, d'habitude, je ne vais pas avec les hommes, toi, tu m'as plu, ne me regarde pas pendant que je me lave, tu me promets ? si tu veux, je reviens, je ne t'ai même pas sucé, surtout que maintenant tu dois avoir mon odeur, je vis avec un ami, mais pour l'amour c'est moins que rien, ça ne m'empêche pas de l'aimer, ça ne s'explique pas, peut-être qu'avec le temps ça lui viendra, qu'est-ce que tu en penses ? moi je pourrais faire l'amour toute la journée, ferme les yeux, je me mets sur le bidet, est-ce que tu as trouvé que je suis une bonne baiseuse ? je crois, c'est pour ça, avec mon ami, j'aimerais bien que ça lui vienne, tu ne me croiras peut-être pas, mais je n'ai encore jamais osé le sucer, j'ai l'impression qu'il n'aimerait pas ça, alors, de temps en temps, je passe une heure avec quelqu'un, c'est vrai, parce que à la fin, ça me manque, ne me regarde pas, tu triches, tu avais promis, je finis et après je te suce.

A l'enterrement de quelqu'un de sa famille, il avait plu la nuit précédente, les allées du cimetière étaient gorgées d'eau, les talons des femmes enfonçaient dans les gravillons, à côté de la fosse, le tas de terre était jaune et rouge, onctueux comme de l'argile.

Le cercueil descendu, les prières dites, tandis que chacun jetait une rose sur la bière, elle n'avait pu se retenir d'attraper une poignée de terre, de la malaxer un peu et, ensuite, de la laisser tomber devant elle sur le couvercle.

— Que toute cette terre était du foutre, un mon-
ticule de foutre, je ne pouvais pas m'enlever ça de
la tête, il a fallu que je la touche. Après, j'ai léché
mon gant. C'était granuleux. Il y a des foutres qui
sont comme ça.

Debout, l'enfant mange un chou à la crème, le
regard fixe devant elle, ses joues inondées de
larmes.

Dans l'arrondi ondulant de sa jupe longue qui
lui recouvre les jambes, elle avance à quatre pattes,
la langue pendante.
— J'ai faim. J'en veux. Je suis un petit chien.
Elle aboie.

Un tube de rouge à lèvres.

Sentir la transpiration de l'homme qu'on aime.

Elle saute à genoux sur un gros fauteuil qui
enveloppe presque son corps menu.
— Il n'y a rien de meilleur qu'une bite.
Elle suce son pouce.

Le regard des yeux verts est un outrage.

Elle écrit :
C'est notre première nuit ensemble. C'est beau et incertain. Apprivoisons-nous. Racontons-nous, ta bouche contre mon oreille.

— Je lui criais : « Maman ! ça saigne ! Maman ! viens voir ! ça saigne ! » Elle était avec une voisine. Je tenais à deux mains ma robe soulevée pour ne pas la tacher. Au lieu de faire quelque chose, de me rassurer, de me parler, elles riaient comme deux idiotes. Me montrant du doigt, ma mère a dit : « Ça y est, en voilà encore une qui ne va pas tarder à se faire engrosser ! » J'ai prié toute la nuit.

Un ensemble à carreaux gris clair sur des bas noirs s'enfouissant dans de fines chaussures de cuir jaune vif.
Avec sa minceur, sa jeunesse, elle est l'exaspérant insaisissable de la beauté.
— Devine de quelle couleur est ma culotte ?
Descendue du taxi qui nous amenait de la gare, nerveuse, elle guette d'un œil au passage dans la rue chaque porche d'immeuble où elle suppose que nous pourrions nous isoler afin de me montrer cette culotte qui semble être pour elle un signe érotique symbolique.

— Je veux te la faire voir.

Le grand restaurant qu'elle traverse en conquérante, indifférente aux regards des clients occupés à déjeuner.

A quelques pas derrière elle, je la vois avec stupeur se diriger vers les toilettes où elle entre dans le compartiment des femmes, refermant dans mon dos la porte, aussitôt appliquée au mur, d'une main soulevant cérémonieusement le milieu tendu de sa jupe, ses yeux piqués sur moi, lèvres un peu ouvertes.

Je découvre enfin la culotte de soie d'un rouge sombre, dont la brillance et l'apparente souplesse sont des accords exacerbés au noir résillé des bas.

— C'est terriblement bandant, n'est-ce pas ?

De son large sac à main, elle extrait une rose en bouton qui m'est destinée, mais qu'avant de m'offrir elle fait à plusieurs reprises glisser de haut en bas sur ce sexe comme enrobé de feu.

— Maintenant, sens-la.

Son parfum.

— J'en ai aspergé ma culotte ce matin avant de partir de chez moi pour venir te chercher.

— Tu seras mon homme à tout faire, ici tu me serviras, l'après-midi tu m'accompagneras dans mes courses, le soir nous sortirons ensemble, la vie sera splendide, je peux t'entretenir, mais à une condition, que tu m'en donnes chaque fois que j'en aurai envie.

J'écrase ma cigarette dans le grand cendrier et me dirige vers la porte.

La voix crochue :

— Va donc baiser tes petites salopes ! Je suis sûre qu'il n'y en a pas une seule qui sache faire l'amour comme je le fais. Tu sais pourtant comment je suis avec une queue ? Tu crois que tu vas trouver ça ailleurs ?

Elle se jette devant moi.

— Elles ont quoi entre les cuisses pour que tu leur coures après ? Je ne suis peut-être pas assez compliquée pour toi ? Est-ce que je t'ai dit que j'ai baisé dans tous les pays du monde, avec tous les hommes du monde, et qu'à douze ans je n'étais plus vierge ?

Me retenant de ses bras passés autour de mes épaules.

— Si tu veux, je t'emmènerai dans des cercles où on initie à la sexualité. Tu ne te doutes même pas de ce qui s'y passe.

Sur le palier où j'appelle l'ascenseur.

— Tu pourras même amener tes petites salopes. On les dégourdira.

Tandis que l'ascenseur descend dans sa cage.

— Salaud ! Tu ne m'auras jamais plus !

Assis dans de confortables fauteuils, chacun d'un côté du lit qui occupe le centre de la chambre. Je l'écoute me lire une lettre qu'elle m'a écrite sans oser ensuite me l'envoyer.

Rien que de banal, sur le ton de la confession d'une jeune fille encore incertaine quant à l'amour ; toutefois, les quelques dernières lignes qui, en réalité, sont tout l'objet de ces pages, alertent mon attention.

— C'est vrai ce que je vous ai écrit là. Il y a encore cinq ou six jours je ne savais pas ce que c'est qu'un orgasme. J'avais entendu plusieurs fois ce mot, mais sans savoir ce qu'il signifie réellement. J'ai regardé dans le dictionnaire.

Elle froisse nerveusement sa lettre dans son sac à main.

— Il n'y a rien dans le dictionnaire. Je n'ai rien compris. Dites-moi ce que c'est qu'un orgasme.

Elle cueille la nuit dans les bacs publics les fleurs qu'elle place ensuite chez elle en pots sur sa fenêtre.

J'aimerais te faire jouir quand je le veux, que ton sexe se redresse même après l'éjaculation, qu'il lui soit impossible de se détacher de moi, qu'il bande de nouveau sans avoir quitté ma chatte.

Au bord des larmes.

— Quand je m'en suis rendu compte, je n'ai rien dit à personne. Lui, ce n'était même pas la peine, c'est un incapable. D'ailleurs, pour être franche, ça ne venait pas de lui. Quant à mes parents, je n'allais pas leur raconter ça. J'y suis allée toute seule. Il faisait froid, je gelais, j'avais peur. Le docteur et les deux infirmières qui étaient avec lui ont été odieux. Je suis sûre qu'ils ont voulu me faire mal pour que je ne recommence pas. Je devinais qu'ils me prenaient pour une putain. J'aurais voulu mourir. C'était pire qu'affreux. Pire que dégueulasse. Je n'allais tout de même pas garder un gosse ? D'abord, je n'en veux pas. Tu me vois en mère de famille ? Autant dire que ma vie serait foutue. Je crois vraiment que j'ai autre chose à faire que d'élever une marmaille. Ça a été un moment épouvantable. Il me semblait que je baignais dans la saleté, dans la pourriture.

Achevant de m'habiller, elle est brusquement dans mon dos, ceinture d'un bras ma taille, tandis que son autre main se faufile entre mes cuisses.

— Laisse-moi te branler par-derrière.

Dehors, admirée, désirée, elle se sent libre, heureuse, invinciblement supérieure.

Elle enviait de « mourir » dans l'amour, qu'elle envisageait sous une forme sacrificielle.

Décor mortuaire de sa chambre, draps de soie noire, un crâne de mort que reflétait avec le lit la grande glace fixée au mur.

Dans une cage posée sur un guéridon, une souris blanche dont on entendait l'incessant grignotement.

— Je commence à lécher doucement, doucement, après je suce, mais doucement aussi, avec moi, ce n'est pas la grosse pompette. Quand je le fais bien, je veux que ça dure.

— Emmène-moi à l'hôtel, tu me feras tout ce que tu voudras. Si tu pouvais me toucher, tu verrais, je suis au bord. Tu me demanderas n'importe quoi. En marchant, je sens qu'elle s'écarte. Emmène-moi vite.

A sa place dans le train, les épaules et la tête contre la vitre, jambes écartées, à l'emplacement du sexe son pantalon a un trou minuscule dans lequel il est aisé de glisser la pointe d'un petit crayon de maquillage qu'elle a pris dans sa trousse de toilette.
Jeu qui d'abord l'excite, puis la met nerveusement en larmes.

Au téléphone.
— Je vais te dire plein de choses bandantes et toi, tu me diras ce que ça te fait. Je voudrais que tu bandes comme un malade. Écoute. J'ai ma voix salope.

35

Minuit sonne on ne sait où dans la ville. Le vent grince contre la fenêtre de la chambre qu'elle a assombrie en jetant un foulard sur la seule lampe allumée. La chaleur est flottante.

Assise sur le bord du lit, elle sait que je la regarde enlever ses bas.

Elle avale le sperme qui a giclé dans sa bouche.
— Merci.

A la portière du taxi qui va les emmener, elle fait en sorte d'embrasser le jeune homme tout en ne me quittant pas des yeux. Parfois même, dans ses bras, elle laisse tomber le long de son corps sa main dont l'un des doigts s'agite de façon obscène.

Dans l'après-midi, elles viennent boire le café. Elles sont grosses. Elles rient fort. Elles ont des voix qui raclent. Elles font un peu peur et disent des mots qu'on ne comprend pas toujours.
— Sa queue, il peut se la garder.
— Mon cul n'est pas à lui, on n'a pas de contrat.
— Il arrive et il voudrait qu'on s'y mette tout de suite. Y a d'abord les gosses à faire manger.
— Il paraît que la plus jeune en est une.
— Elle a pris exemple sur sa mère.

Elle se tordent de rire, allument des cigarettes. Elles se tournent vers moi, assis sur une chaise dans le fond de la cuisine.

— Et celui-là, il en a une aussi?

— C'est pas encore pour maintenant, elle est en panne.

Je rougis. L'une d'entre elles vient m'embrasser.

— On peut toucher?

— Touche si tu veux, mais c'est du mou.

Une main me tripote.

— Je l'ai branlé dans le couloir de la sortie du cinéma, le foutre est tombé sur la moquette rouge. Lorsque les spectateurs sont sortis, je les ai regardés marcher là-dessus sans le savoir. Ça, ça me fait bander.

— C'était la nuit, je traînais dans les rues, je ne savais pas ce que je cherchais. Je suis tombée sur un homme très grand, très gros, très fort. Il m'a prise par le bras sans me dire un mot et m'a emmenée dans un coin sombre. Il m'a soulevée et m'a assise sur le rebord d'une fenêtre. Il m'a retiré ma culotte en me la déchirant à moitié et s'est mis à me tirer de toutes ses forces. J'étais collée contre lui. Ça n'a duré que quelques minutes. Il m'a laissée sur ma fenêtre en me fourrant un peu d'argent entre les cuisses.

Costume de velours noir. Son corps y est comme imprimé.

Lorsqu'en marchant elle allonge la jambe, on perçoit sous le tissu le léger renflement de la jarretelle.

— Tu me regardes ?

Devant moi.

— Je suis comment ?

Ondulement de ses hanches.

— Regarde mes petits cheveux.

Gribouillerie blonde sur la nuque.

— Hein, que je suis jolie ? Est-ce que je te fais bander ?

Je serai douce comme une eau de fontaine.

Je dessine ton sexe.

Elle allume une cigarette dont, les lèvres arrondies, elle tire une longue bouffée.

— Je te suce.

— Vit, c'est un mot qui me semble tellement malpropre que j'ose à peine le dire. Parfois, en marchant toute seule dans les rues, je me le répète : « Un vit. Un gros vit. Sucer un vit. J'ai branlé un vit. » C'est inimaginable ce que ça me fait sur les nerfs.

Lueurs métalliques de l'éclairage des rues sur les jambes habillées des femmes.

Ils ont dîné ensemble avec des amis. A table, pendant toute la soirée, elle n'a cessé de faire allusion aux coucheries.

A la sortie du restaurant, elle lui prend le bras, étroitement serrée contre lui. Son parfum ordinaire.

— On laisse les autres.

Après les adieux, elle passe d'autorité son bras autour de sa taille. La nuit est d'une douceur onctueuse.

— Je vous invite chez moi. J'ai arrangé un petit appartement qui vous plaira.

Elle presse un peu le pas.

— J'habite à deux rues d'ici.

Sa main descend lentement jusqu'à ses fesses pour s'introduire enfin entre les jambes.

— Je sens tes couilles pendant que tu marches. On dirait deux petits oiseaux.

Son autre main a saisi le sexe.

— A présent, je t'ai tout entier.

Elle écrit :

Tu me veux à genoux.

Je suis à genoux.

Quoi que je fasse, je reviens toujours à toi, inlassablement.

Toi seul peux me recevoir.

— Il me dispute, il se met en colère, mais je ne peux pas faire l'amour avec lui, c'est au-dessus de mes forces, il me dégoûte.

Sur la chaise à côté de la mienne à la table de café.

— J'aime les caresses, j'aime qu'on soit doux, qu'on me parle.

Ses lèvres rouges sur le rebord de la tasse.

— C'est une brute.

Sa façon de boire, faussement élégante, le petit doigt en l'air.

— Il veut immédiatement, et puis c'est fini. Ce n'est pas comme ça qu'on fait jouir une femme.

La cigarette.

— L'amour, c'est quelque chose de beau, quelque chose comme quand on est enfant et qu'on nous berce.

Longue bouffée.

— Moi, je veux bien faire tout ce qu'on veut, mais pas comme ça, pas dans ces conditions, à la va-vite, comme des bêtes.

Les yeux dans le vague.

— Et j'ai horreur des gros mots. Par exemple, il appelle ça une bite, une pine ou une queue. Ça me choque.

Elle reprend sa cigarette posée dans le cendrier.

— Bite, pine, queue, ce sont des mots que je n'aime pas.

Réfléchissant peut-être.

— Surtout bite, vous ne trouvez pas ?

Sa cigarette éteinte.

— Tant qu'à faire, s'il le fallait absolument, j'aime encore mieux pine, c'est plus doux, mais on pourrait bien parler de ces choses-là autrement, vous ne pensez pas ? Pourquoi toujours bite, pine ou queue ?

La cigarette rallumée.

— On pourrait même inventer de jolis mots, pourquoi pas ? C'est ça qu'il ne peut pas comprendre. C'est un porc. Un gros porc.

Des dents très blanches dans le sourire.

— Vous comprenez ça, vous, n'est-ce pas ?

La main qui tient la cigarette tremble imperceptiblement.

— C'est ce que je voudrais trouver, précisément. Un homme qui me comprenne, un homme délicat pour toutes ces choses-là.

La cigarette écrasée dans le cendrier avec une sorte de rage.

— Parce que vous savez, j'aime autant l'amour qu'une autre, je suis même très chaude. Je me connais. Très chaude. Enfin, je suis une femme, mais, en tant que femme, je veux qu'on me respecte.

Une autre gorgée de café.

— Qu'on arrête de me dire bite, pine ou queue.

La tasse est reposée un peu de guingois sur sa soucoupe.

— Que pour une femme on dise chatte, ça, je

41

l'admets. Chatte, je trouve que c'est un mot mignon. En tout cas, ça n'a rien à voir avec bite.

L'heure à son poignet.

— Vous m'excusez, il faut que j'aille reprendre mon travail. C'est l'heure. J'espère que vous ne m'en voudrez pas de vous avoir parlé si franchement ?

Aussitôt assis dans le taxi, elle insinue sa main sous les pans de mon pardessus, tâtonne un peu pour trouver la braguette, l'entrouvre, y cherche le sexe.

— Comment tu es fait, aujourd'hui ?

La rue sombre, humide.

Sous le renfoncement d'une porte cochère, jeune, jolie, fragile dans un imperméable gris au col relevé sur ses cheveux longs, elle joue avec moi à la putain qui racole les hommes au passage.

— Tu viens, chéri ?

Le clin d'œil.

— J'en ai tellement envie que je ne te ferai pas payer.

Sa main qui frôle.

— Tu seras mon dernier ce soir.

Elle se dirige vers un hôtel proche.

— J'ai la langue chargée.

— Hier, je t'ai attendu.
Voix sourde.
— Tu m'avais promis de venir.
La lèvre tremble un peu.
— Tu vas où tu veux, je m'en fous, je ne suis pas jalouse, mais ne me dis pas que tu viens quand tu sais que tu ne viendras pas.
Elle tourne le dos comme si elle avait décidé de s'en aller, mais reste sur place.
— Je sais que tu es avec tes petites putes.
Larmes.
— Ne me dis pas le contraire, je t'ai vu.
Les épaules secouées.
— De sales petites putes à ne même pas toucher avec des pincettes.
Le regard envenimé.
— Mon cul ne te suffit plus? Ma langue ne te suffit plus?
Un mouchoir entre les doigts. A mi-voix.
— Des putes, de sales petites putes.

Un pigeon écrasé au milieu de la rue, une goutte de sang sur le bec.

Regard trouble d'innocence.
— Depuis hier, j'ai une nouvelle bite.

Lèvres lourdes.

Elle écrit :

J'ai compris qu'allait commencer pour moi la chaîne des hommes et que, chaque fois, j'avais un peu plus l'impression de me perdre.

A l'abandon sur le dossier du siège, main étroite aux doigts longs et minces.

Elle est nue, ramassée dans un grand fauteuil d'osier.

— Je vais m'habiller, tu m'expliqueras comment font les putes. Je te le ferai, comme si j'en étais une. Il paraît qu'avant de coucher elles lavent la queue de l'homme, c'est vrai ?

Dans le morceau de tissu à damiers noirs et blancs si court qu'il recouvre à peine les cuisses, gracieuse, elle pivote devant la fenêtre de la chambre.

— Tu la trouves bien ?

Mon assentiment.

— Je me suis fait tirer avec avant de venir.

Voix filtrante.

— Mais on n'a pas aimé la jupe.

Je me réveille.

Je pense à toi.

Mon lit est bien chaud.

Je voudrais tes doigts.

Je voudrais tes mains.

Je voudrais m'endormir d'amour.

Je voudrais ton sexe comme un couteau planté dans mon ventre.

— J'ai acheté un gâteau.

Un chausson qu'elle tient entre ses doigts.

— Je vais juste faire un petit trou dedans pour glisser ma langue jusqu'à la crème.

Sa langue s'introduit en entier par lents degrés entre les épaisseurs de feuilletage.

— Je ramène chaque fois un peu de foutre, c'est bon. Tu ne veux pas en prendre un peu sur ma langue avec le bout de la tienne ?

Lorsque la pâtisserie n'est plus qu'une coque vide.

— J'ai tout pris. Je suis vraiment une vraie suceuse.

Le gâteau déposé sur la table du café.

— Tu vois, maintenant, ce qui serait terriblement salaud, ce serait que tu te branles et que tu mettes ton foutre dedans. Si tu allais aux toilettes, tu pourrais le faire. Tu le rapporterais plein et je recommencerais. Si tu veux, je vais avec toi, je te branlerai. Regarde le trou, il y a la place pour le bout de ta bite. Seulement il ne faudrait pas le casser en jouissant.

Elle le manipule.

— Tu aimes me voir sucer comme ça ?

Elle replonge sa langue dans la cavité.

— Peut-être que tu aimerais aussi me voir sucer une autre bite ?

Ses lèvres épaisses.

— En tout cas, moi, je sais que ça me ferait de l'effet.

Je louerais une chambre dans n'importe quel hôtel pouilleux d'une petite ville ouvrière et l'y attendrais, elle arriverait au soir tombant, monterait l'escalier déglingué, sur son passage, dans le couloir mal éclairé, en maillot de corps, le haut de la poitrine velu, un homme inquiétant ouvrirait sa porte, elle devinerait qu'il serait à deux doigts de la violenter, enfin elle trouverait notre chambre et, à peine entrée, le dos contre la porte refermée, dénouerait la ceinture de son manteau de cuir sous lequel elle serait en bas et porte-jarretelles, dressée sur de hauts talons, je la contemplerais, elle prendrait mon sexe dans sa bouche avant que nous fassions l'amour debout dans ce décor crasseux.

— Un pareil endroit, je crois que je n'aurais jamais fini de bander. Tu sais ce qui serait bien ?

Ses yeux de loup.

— Dès qu'on l'aurait fait tous les deux, je descendrais dans les rues, tu me suivrais, j'ouvrirais mon manteau et le premier type qui voudrait, je me collerais contre un mur.

La jeune demoiselle est grande, brune, toujours parfumée, maquillée.

Elle prend dans ses bras, serre votre tête dans son odeur extravagante, embrasse, bécote, dit des petits mots doux, puis, un jour, pendant qu'on est assis sur le bord du lit, elle baisse avec précaution la culotte de toile, le petit caleçon blanc.

— Mais il est déjà tout beau, ton petit robinet. Oh! comme il est beau! Comme je l'aime! Il faut que je l'embrasse. Tu veux bien que j'embrasse ton petit robinet?

On ne comprend pas pourquoi, cette fois, la demoiselle embrasse avec le dedans de sa bouche.

Je voudrais qu'un jour tu me supplies d'arrêter de te donner du plaisir.

A plat ventre sur le parquet, son pantalon moulant ses fesses et ses jambes, elle fait seule le simulacre de l'amour, son corps tressautant, ses hanches balancées de droite à gauche.

— Regarde-moi, je baise.

Dans l'attente du départ de mon train, me défiant du regard de l'autre côté de la vitre, elle amorce le geste de remonter en public sa robe noire collante.

Elle écrit :
J'adore ton sexe à genoux, les mains jointes, c'est
mon dieu.

Les tenant entre deux doigts par leurs queues au-
dessus de sa bouche ouverte, la tête légèrement en
arrière, elle happait une à une les cerises d'un rouge
sombre.
Entre ses lèvres, sa langue noire, gluante, petit
animal nerveux dans son antre.

— J'aimerais avoir des dizaines de bites. Des
bites et des couilles. Je m'amuserais avec et, après,
je les mettrais dans une boîte ou dans un tiroir.

— Tu veux que je te montre les spécialités de la
maison ?
Enjouée, elle se baisse, prend mon sexe entre ses
mains, en approche ses lèvres sans le toucher et fait
à peu de distance aller sa langue. Ensuite, les
fausses caresses, le simulacre de la pointe de la
langue qui parcourt l'oreille.
— Il y a aussi le petit trou, mais je ne peux pas
vous montrer, monsieur, c'est aussi avec ma langue
et mon petit doigt, mais je suis certaine que si
monsieur choisit cette spécialité, il sera content de

moi. D'ailleurs, il peut me prendre pour toutes les autres, je suis très adroite et je m'applique bien.

Son visage comme illuminé de fraîcheur.

Debout au milieu de la nuit sous la pluie fine, adossée à la grille de fer du square.

Elle soliloque, cigarette aux lèvres et, par intervalles, pousse des cris rauques, saisissant à poignée son sexe dans le tissu de la robe.

— Tu vois le petit lacet ? Il n'y a qu'à le tirer par un bout, toute l'ouverture du décolleté se défait d'un coup jusqu'à la taille.

Au fond de l'entrée de l'immeuble, la petite fille soulève à deux mains sa robe blanche sur le renflement imberbe de son sexe, fil d'une fente nue.

— Je voudrais faire l'amour dans du sang.

— Quand j'en ai envie, ça me fait mal là, dans le ventre.

Du doigt, elle désigne presque cliniquement l'endroit.

Habillée, elle ajuste son corps à la glace, s'y observe longuement, la caressant des mains, ondulante, d'une provocante sensualité qui est comme un éclat de feu.

La langue à plat, elle la lèche, un peu de salive coule, dont elle enduit ses doigts pour en maculer l'emplacement de son sexe, qu'elle enfonce dans sa propre image avec une suite de grimaces obscènes qu'elle se regarde avec complaisance exécuter, les yeux violentés de désir.

— Viens me baiser. Tu ne toucheras pas à ma robe, je veux ta bite dedans, sur mon cul, dans mes reins, je me retournerai et tu me la cogneras dans le ventre. Regarde, je bave du foutre, ma bouche bande. Tu feras gicler ton jus sur la glace, je me frotterai la figure dedans, je le lécherai, j'en avalerai, j'aime l'odeur du foutre, j'aime en avoir dans la bouche.

Elle se trémousse sur place :

— A quoi je ressemble avec mes cheveux en l'air, comme ça, toute défaite, mon visage fou, mes yeux de bite ?

Elle lève les bras, les mains aux doigts écartés appliqués sur les traces de salive barbouillée, les jambes largement ouvertes, les pieds nus.

Une arrogance dans la voix.

— J'ai l'air de plus qu'une pute, parce que je suis plus qu'une pute.

La glace gluante au lever du jour.

50

Le ventre un peu proéminent dans la jupe droite au-dessus de la taille prise par la ceinture de cuir rouge. Je pense irrésistiblement à une abeille qui aurait entassé sur son abdomen sa récolte de pollen.

Le sourire découvre la gencive au rose maladif du maxillaire supérieur. Une apparence malsaine me procure un sentiment de gêne, comme si elle se livrait devant moi à un acte involontairement licencieux. Sous le vernis lie-de-vin, l'ongle de son petit doigt gauche est anormalement long. Je cherche à apercevoir l'autre, qu'elle tient replié, sa main appuyée sur sa hanche. Ses chaussures sont usagées.

Qu'a-t-elle à me dire ? Pour quelle raison a-t-elle tellement insisté pour me rendre visite ?

Assise face à moi, elle me rapporte quelques anecdotes ayant trait à son travail. Son rêve eût été de devenir pianiste virtuose. Elle n'aime que la musique *sourde*. Elle vit seule dans un appartement confortable, bien que très moderne. Ses amis sont intéressants, pour la plupart d'un autre milieu que celui de sa profession. Comme elle, ils aiment l'art, la lecture, le théâtre, le cinéma, les voyages. Récemment, elle est allée à l'étranger. Si l'occasion s'en présentait, elle y retournerait volontiers. Est-ce que je connais beaucoup de pays étrangers ?

Quelque part, lointain, un cri apeuré de femme.

Tissu blanc des soyeuses lingeries féminines.

Un collier de petites perles.

Dans la demi-obscurité de la rue, on croirait qu'elle émerge des murs eux-mêmes, soudain présente, apparition étrange, sa main cherchant un instant le sexe, disparue ensuite aussi soudainement dans une entrée dont elle claque la porte.

Trop étroit, un bouton de son corsage s'ouvre, laissant apercevoir le soutien-gorge noir qu'à la terrasse du café les hommes proches lorgnent à la dérobée.
— Je suis vicieuse.
Elle rit.
— Je ne sais pas pourquoi, c'est toujours ce bouton qui s'ouvre. On voit mon soutien-gorge, n'est-ce pas ? Je crois que tous les hommes me regardent. Les hommes aussi, c'est tous des vicieux.
Ses doigts tripotent sans succès le bouton récalcitrant.
— J'aime que les hommes me regardent. Le soir, si je suis toute seule dans mon lit, j'y repense. Je deviens toute glacée et puis toute chaude.

Nous roulerons la nuit. Au petit matin, nous nous arrêterons dans le premier village. Il y aura une chambre d'hôtel avec de gros édredons, des rideaux de filet aux fenêtres, un grand lit et des vieux meubles, il y aura le café brûlant avec des croissants, le beurre, les confitures, il y aura ma fatigue de la nuit, je me coucherai tout habillée, tu t'allongeras à côté de moi et nous nous tiendrons la main sans bouger, comme des morts.

Bouche si sage, dont on sait ce que peuvent être les caresses.

Manteau et toque bleus qui font d'elle une poupée russe.

La porte de la chambre à peine refermée, elle se prend à danser avec une fascinante légèreté.

— Est-ce que le bleu me va ?

D'un geste insouciant, elle enlève la toque qu'elle jette au hasard par-dessus son épaule et quitte son manteau, qui glisse à ses pieds.

La robe est rouge.

— Est-ce que le rouge me va ?

La danse s'accélère, tandis qu'elle se défait de la robe qui vole dans l'air pour moelleusement choir sur le parquet.

— Est-ce que le noir me va ?

Elle fredonne un air rythmé en même temps qu'elle se déplace sur la pointe des pieds, dégrafant le soutien-gorge et ôtant la culotte noire.

— Est-ce que le nu me va ?

Un instant elle demeure immobile dans la clarté
que liquéfie la grande fenêtre puis, riant, se laisse
tomber en travers du lit.

Elle a les épaules étroites, le cou mince, les cheveux mousseux, le visage et le corps d'un enfant
dans une courte jupe qui laisse à découvert ses
cuisses aux bas noirs.
Souriante.
— Je fais des rencontres, des connaissances.
Elle sautille, tire moqueusement la langue.

La rue à traverser.
— Toi, j'aimerais te griffer, te déchirer, te man-
ger, que tu ne sois qu'à moi.
Un de ses ongles m'entre dans le poignet.
— Tu es toujours en train de m'échapper. On ne
comprend jamais rien à tes histoires. C'est toujours
compliqué.
Je lui tords un doigt.
— Tu me fais mal.
Plus loin.
— J'aime que tu me fasses mal.

J'ai mis mon corsage ouvert pour que vous puissiez jouer à certains jeux que j'adore.

Elle prend son bain avec une sorte d'alanguisse-
ment voluptueux, le corps abandonné, comme un
peu somnolente, les traits d'un calme saisissant,
sereine, hors du monde.

Elle parcourt du regard son corps nu, petites
algues sombres du sexe à la tranchée des cuisses
rondes.

— Je ne sais même plus combien elle en a eu.
Peut-être cinquante. Au début, je les comptais.

Elle s'assied dans la baignoire.

— Me rappeler ça, ça me fracasse la tête.

Ruisselante, elle sort de l'eau, une large serviette
blanche sur ses épaules, traverse nu-pieds la
chambre et se jette sur le lit défait de la nuit,
jambes relevées.

— Pense à ça. Rien qu'à ça. Très fort. Ma chatte
et ta queue.

Les paupières closes. Son silence est presque reli-
gieux.

— Quand je suis toute trempée, comme maintenant, je m'imagine que je me suis baignée dans du
foutre.

Ses jambes s'ouvrent.

— Est-ce que tu me vois bien ?

Ses mains caressent le drap.

— Le matin, je voudrais avoir une nuée
d'hommes, la bite raide. Je les essaierais les uns
après les autres, encore pleine d'eau, sans remuer,
juste sentir la pénétration et les coups saccadés
quand ils vont décharger.

Poinçon vert du regard.

55

Son doigt qui tourne lentement en le faisant crisser sur le rebord du verre rempli d'une boisson rose.

Trois dahlias dressés dans un flacon de verre.

Ce matin, en dormant, j'ai fait l'amour avec toi et j'ai eu la sensation de jouir.

— On ne peut pas expliquer comment ça se passe. Subitement, j'ai regardé ma chatte, ça m'a rappelé des images. C'est le déclic, comme si, au fond de moi, quelqu'un appuyait sur la manette de mise à feu. Alors, j'ai besoin d'agir, de voir des rues, des hommes, de savoir que je vais séduire. D'ailleurs, ça doit être pareil pour les femmes. Pourquoi te les fais-tu ? Qu'est-ce que tu veux ? Qu'est-ce que tu cherches ? Ce n'est quand même pas qu'une chatte et deux nichons ? C'est autre chose. C'est d'abord le sexe qui pense, la tête ne vient qu'après.
— Et le cœur ?
Elle entoure ses jambes nues de ses bras.
— Tu ne trouves pas que je suis animale ?
Elle bascule sur ses reins d'avant en arrière.
— C'est aussi ça que les types aiment chez moi.

— Et le cœur ?

Son corps se déplie de façon ophidienne.

— Peut-être qu'à ma naissance j'ai le cœur qui m'est tombé dans la chatte. C'est là que ça bat.

— L'amour ?

Remise sur ses jambes, son sexe écarté du bout des doigts à deux mains.

— Regarde l'amour, des petits bouts de lèvres roses, de la mouille dedans et des poils autour. Tu as vu ? Je peux te montrer mon cul, c'est aussi un petit morceau de cœur et un petit morceau d'amour. A présent, tu me laisses. Dehors, il fait un temps superbe. Je vais m'habiller bien salope et aller dans la rue les faire bander comme des déglingués. Aujourd'hui, je sens que je vais baiser à mort.

Voix neuve de l'adolescente.

— Je t'attendrai comme une petite pute bien sage.

C'est unanime, tout le monde la trouve plus jeune que sa fille. On le lui a dit cent fois. Du reste, elles ont la même taille, elle met ses robes. Il est courant qu'on les prenne pour des sœurs. Quant aux hommes, c'est plutôt à elle qu'ils ont tendance à faire la cour.

Il est vrai qu'elle a davantage de charme. Sa fille

est assez jolie, c'est exact, en fait, elle tient d'elle, mais il y a un je-ne-sais-quoi qui lui manque, la grâce, peut-être une manière de séduire, d'être attrayante.

Récemment, sa fille avait un flirt, une petite histoire de rien du tout, comme on en a à son âge. Très vite, elle a compris que le jeune homme éprouvait quelque chose pour elle. Elle lui a sur-le-champ interdit la maison, ça n'aurait plus été vivable. C'est sa fille qui a sa vie à faire, pas elle.

Je t'aime. Il faut que tu me croies. Les hommes que j'ai connus n'ont rien été pour moi. C'est avec toi que je veux faire l'amour. L'amour comme une communion, comme un grand sacrifice de moi.

Pénombre moite de la chambre sans fenêtre où le lit aux lourds montants de bois occupe l'essentiel de la pièce.

Elle crie de plaisir, le corps arqué. Un chien gémit derrière la porte.

Robe bleu électrique, debout sur le marchepied du wagon.

— Mets-moi vite ton doigt.

Son sexe, ventouse humide. Le doigt s'y enfonce en glissant. Elle a un bref soupir.

Avant que la porte automatique ne se referme :

— Je me branlerai en pensant à toi.
Moins distinctement encore :
— Je te fumerai.
Démunie en cigarettes, j'apprendrai plus tard qu'elle s'en est fait offrir et qu'ainsi elle a pu me fumer pendant tout le trajet.
— Dans le train, j'étais malade de sexe. Je suis allée aux toilettes quitter ma robe et mettre un pantalon parce que j'avais l'air trop pute. Les hommes n'arrêtaient pas de me regarder et je n'en avais pas envie. Je voulais seulement te fumer, tu sais comment. En arrivant, j'avais la tête qui tournait un peu, je n'ai pas l'habitude du tabac. Je mouillais toute seule, je suis allée chez quelqu'un, je lui ai demandé de se branler devant la glace de son armoire. J'ai pris le foutre dans mes mains. Je l'ai frotté jusqu'à ce qu'il disparaisse complètement. Il était encore de bonne heure. Je me suis laissé toucher par un type dans la rue. Ça ne m'a rien fait. J'ai eu envie de dormir. Je suis rentrée chez moi. Je me suis préparé un chocolat bien chaud. J'avais des gâteaux secs, je les ai mangés en te suçant. D'abord, tout le tour, ensuite, en plein sur la langue. J'ai dormi jusqu'à onze heures. Je t'appelle de mon lit. Tu entends ma voix ? C'est ma voix de foutre, comme tu dis. Je suis toute nue dans mes draps roses, toute jolie, ma chatte bien douce. Si tu étais là, ce serait merveilleux. Je te prendrais dans mes bras et on ne bougerait plus de toute la journée, surtout qu'aujourd'hui il pleut. Je n'aime pas la pluie. J'ai besoin de soleil comme j'ai

besoin de sexe. C'est la force. C'est la vie. Tu n'as qu'à venir. Je dormirai jusqu'à ce que tu arrives. Je laisserai la porte entrouverte. Tu la pousseras et tu te glisseras dans mon lit. Je ne saurai pas qui tu es. Tu me feras mettre la tête sur ton ventre en me tenant fort par la nuque. Ma langue te caressera. Dis-moi que tu viens ?

Je me suis fait une coiffure avec une multitude d'épingles, pour que vous puissiez jouer à me les enlever et chaque mèche tombera une à une.

— Il y a deux choses de toi que je ne connais pas encore, ton écriture et l'odeur de ton foutre.

Écossant des petits pois, elle plonge voluptueusement ses mains dans le récipient où ils s'entassent.
— Je les ai sous les doigts, c'est frais, doux. Je pense que c'est un tas de petites couilles et ça m'excite.

Étendue sur le lit dans la touffeur d'étoffe noire de sa robe déployée, l'éclat de soie blanche de l'extrémité du porte-jarretelles.

Les seins ballonnés qu'elle sort d'un geste machinal par-dessus son soutien-gorge.

— Je te les montre, on n'achète pas un petit cochon dans un sac.

Son corps épais dans les vêtements amples.

— Je te ferai ce que tu voudras, tu as payé, mais moi, ma vraie spécialité c'est la pipe. J'ai du poivre sur la langue.

La chambre est chaude du soleil de la journée, ses boiseries lisses comme l'acier, derrière les volets — on entend une indéfinissable rumeur de voix.

Dans la nuit, tu fais l'amour aux femmes. Tu jouis, et c'est affreux pour moi.

Tôt le matin, dans le café proche de la gare où elle vient me rejoindre, jupe courte multicolore, corsage immaculé.

Lovée à côté de moi sur la grande banquette.

— Je me suis habillée en petite fille, c'est bien ça que tu aimes ?

Tant elle est effectivement claire, d'une apparente innocence, on voudrait entre ses bras l'étouffer de tendresse.

— Ce matin, quand je me suis réveillée chez mes parents, j'ai pensé que j'allais te voir et j'ai tout de suite eu envie de te branler.

Sa main sur mon sexe que, d'abord, elle caresse lentement, les petits doigts en éventail, puis, qu'avec brusquerie, elle coule entre mes cuisses, ne la retirant pas lorsque se présente la serveuse.

— Tu crois qu'elle a touché des couilles, elle aussi, ce matin ?

Je serai une corde tendue pour toi.

Occupé dans un bureau, elle se place à cheval sur le dossier d'une chaise, s'y frotte discrètement, un regard complice à mon intention.

Je suis faite pour l'amour.

Lente souplesse de l'épaisseur des cheveux aux légers reflets dorés.

Une chemise d'homme, des bottes, une casquette, de grosses boucles d'oreilles.

— Emmène-moi dans un endroit bien dégueulasse où il y aura de la vieille ferraille, du charbon, des tas de sales bestioles. Tu me coucheras au milieu de ces saloperies, c'est moi qui te ferai l'amour.

Élégamment vêtue d'un tailleur noir, la blouse

de soie rousse au col droit encadrant le bas de son visage.

Elle écrit :
Torse nu, je t'écris. Je tiens ce stylo comme une bonne grosse bite. Tu éjacules de l'encre de Foutre. Retiens-toi, mon amour. La nuit est longue et je suis là. Devine ce qui t'attend ? —
une énorme giclée de mon plaisir sur les poils de ton sexe.

Chaque fois qu'en revenant de l'école ou de faire des courses on passe devant sa maison, elle en sort précipitamment tenant soulevée dans un grand éclat de rire sa robe qui découvre une longue culotte fendue à dentelles.

— Décharger. C'est un mot bizarre, mais il me fait bander. Plus que juter.
Sa joue couchée dans la pelure des cheveux sur le traversin blanc.
— J'aime tous les mots de l'amour, pas toi ?
Finesse du bras jusqu'à l'épaule.
— Qui est-ce qui les a inventés ? La première fois que j'ai entendu bite, je devais avoir dix ou onze ans, on m'avait emmenée dans un café, j'ai eu envie de faire pipi, aux toilettes, il y avait des hommes qui parlaient entre eux. Peut-être à cause des

hommes et de l'odeur, j'ai compris que ça se rap-
portait au sexe. Les autres mots, ce sont les
hommes que j'ai connus qui me les ont appris. Par
exemple, pogner au lieu de branler. C'est un mot
qui m'excite. Pogne, c'est dur, c'est rude. Chaque
fois, je me figure une bite bien gonflée en train de
se faire astiquer.

Suçotant une mèche de cheveux.

— Est-ce que toi aussi ces mots-là te font bander ? Moi, ça m'entre profond dans la peau, ça me
trouble, ça me bouleverse, la tête ne suit plus, je
deviens une autre femme, une petite démone.

— Tu as des gouttes de foutre sur ton pantalon.
Elle tire aussitôt la langue.
— Viens, je vais te les lécher.

Sans charme, les traits ingrats, les cheveux secs.

Elle lit un livre épais, mais de temps à autre son
regard fait le tour du petit café où nous sommes
seuls.

Ostensiblement, elle pose son livre sur la table,
qu'elle repousse afin de se glisser contre le mur
garni d'une glace dans laquelle elle ne manque pas
de me regarder avant de se diriger vers les toilettes
où, un grand moment, elle attend que je la
rejoigne.

De retour dans la salle, elle tire de son sac un
porte-monnaie bleu, y cherche une à une les pièces

qui régleront le prix de sa consommation, ramasse
le livre qu'elle garde à la main et se dirige d'un pas
vif vers la sortie en passant le plus près possible de
ma table.

— Tu ne sais pas ce que tu as manqué.

Elle sort et, sur le trottoir, se mêle à la foule.

Je m'endors en sentant l'odeur de ma culotte. Je
faisais déjà pareil quand j'étais petite fille.

Jeune, heureuse, elle gambade devant moi dans
le couloir du grand hôtel où nous venons d'arriver,
sa jupe tenue relevée jusqu'à la taille.

— Tu ne peux pas savoir comme j'ai envie de
sucer. Je ne pense qu'à ça depuis tout à l'heure.

Elle lâche sa jupe, se retourne.

— Tu me trouves jolie ?

— Oui.

— Très jolie ?

— Oui.

Les bras derrière la tête, ses mains contenant
l'épaisseur de ses cheveux.

— Et très bandante ?

— Oui.

— Dis-le.

— Très bandante.

Plaquée au mur, une jambe ployée.

— Et très pute ?

— Oui.

— Dis-le.
— Très pute.

M'entourant le bras des siens, la tête sur ma poitrine.
— Je voudrais être la plus salope que tu aies jamais connue.

La plage vide a des couleurs mortes.

Être partout avec toi pour faire l'amour.

Sous la garde de deux femmes âgées passe dans la rue une bande d'enfants en uniforme bleu et blanc, chacune des petites filles ayant pour elle un regard.

Sa robe transparente, elle entrait dans la pièce par la grande terrasse sur laquelle elle ouvrait.

Devant le dessin de son corps dans les fluctuances de l'étoffe que révélait un éblouissant contre-jour, le regard rivé sur cette sensualité offerte au viol, on retenait son souffle, le cœur serré par la viscérale confusion de la tentation.

Après avoir évoqué un peu de son passé récent, époque troublée de ses premières années de jeunesse, les traits contractés, presque aux larmes :

— N'en parlons plus, c'est sordide.

Elle apprend que tout a son prix.

— Pourquoi la vie n'est-elle pas toujours aussi belle que ce soir ?

Elle ne saura que plus tard l'exacte valeur de l'instant qui a été presque comme rêvé dans un calme et grandiose décor de jardins.

Elle tire sur les vitres du couloir les rideaux dans le compartiment vide du wagon, quitte ses souliers, grimpe à genoux sur la banquette, se regarde dans la glace qui la surmonte, me sourit, chantonne, découvre une culotte satinée.

— Je l'ai achetée hier. Personne ne l'a encore vue. Je l'ai mise exprès pour toi.

Se tortillant parodiquement.

— Quand tu es avec moi, il faut que tu bandes tout le temps.

Elle se retourne, passe d'un bond sur la banquette où je me trouve.

— D'abord, est-ce que tu bandes ?

Sa main.

— Peut-être que tu bandes pour une autre ?

La tête sur mes genoux.

— Je voudrais connaître toutes celles que tu as baisées.

Elle prend dans sa bouche l'un de mes doigts, le lèche sur toute sa longueur.

Je vous regarde, je vous touche.

— Dis donc, moineau, tu te presses un peu, j'ai pas que ça à faire ?

Elle est sèche, les yeux brouillés derrière des lunettes à gros foyers.

— Tu as perdu ton foutre, ou quoi ?

La voix dure.

— Ou tu déflaques en vitesse, ou tu te sors de là.

Son menton pointu.

— Si tu jouis pas plus vite que ça à ton âge, tu vas pas faire de vieux os, c'est une putain qui te le dit.

Elle renfile ses bas sur des cuisses étroites.

— Tu te branleras ce soir, peut-être que ça te viendra.

Habillée.

— Allez, maintenant tu fous le camp, je veux faire mon petit pipi.

La montée de l'hôtel sent le poisson bouilli.

— Je la sors de leur pantalon et je me mets tout de suite à lécher le bout jusqu'à ce qu'il soit bien dur, bien long. Ensuite, je suce. Les couilles restent en arrière. Je vais les chercher, comme ça.

Sa langue tendue et agile dans le vide, sa main se ferme autour d'invisibles rondeurs.

— Ce que j'aime, c'est les griffer par en dessous.

L'extrémité des doigts se crochète.
— Est-ce que tu vois comment je le leur fais ?

Observant au milieu de la foule les femmes dans le va-et-vient.
— Qu'est-ce que tu tires, toi, là-dedans ?
Une jeune fille bien habillée, au visage un peu sévère.
— Je suis sûre qu'elle n'a peut-être encore jamais vu de bite.
Une femme marche rapidement, les jambes rapprochées.
— Tu m'as dit que les femmes qui marchent comme ça n'aiment pas être baisées. Ça t'amuserait d'essayer ?
Au bras d'un homme, une femme assez belle.
— Celle-là, elle a sa bite, mais elle n'a pas la tienne.
Se jetant contre moi, m'entraînant presque à courir.
— Moi, j'ai la tienne !... Moi, j'ai la tienne !...

Les yeux d'un bleu très clair dans un jeune visage rond d'une grande douceur.
Elle s'accroupit devant moi dans le jardin public, ses cuisses suffisamment écartées sous la jupe plissée pour que j'aperçoive la bande tendue de la culotte blanche.
Elle me sourit en petite fille qui voudrait n'être pas oubliée.

Le corps comme ouvert dans l'abandon, une noyade.

— Baise-moi ! Baise-moi ! Mon mari est un raté !

Rire fou.

— C'est comme si tu le baisais, ce con !

Les bras durs autour des reins, liens de fer.

— Fous-moi, pine-moi, que ça le démolisse, ce minable !

Elle me précède en courant dans l'escalier, s'immobilisant ensuite sur le palier tandis que je continue à monter, la rondeur de ses cuisses jeunes visible jusqu'à la culotte sous le bouillonnement du jupon blanc.

Le visage à demi enfoui dans l'oreiller du lit où elle est étendue.

— Je suis une pauvre petite délaissée, monsieur, une pauvre petite orpheline perdue.

Apparemment au bord des larmes.

— Vous ne voulez pas m'adopter ? Vous êtes riche, vous, monsieur, et vous n'avez pas de petite fille. Adoptez-moi, je vous en supplie. Vous verrez comme je serai reconnaissante, comme je vous sucerai bien.

— Je ne connais que bite, pine, queue, zob, membre, asperge, rouleau, verge, braquemart, est-ce que tu en connais d'autres ?

L'orgue d'une église proche.

Petits ongles aux bouts arrondis.

Elle est seule à m'attendre sur le quai de la gare, d'une inoubliable joliesse, les cheveux ramenés sous un chapeau d'homme gris clair, note à la fois élégante et dévoyée soutenue par un veston masculin et un pantalon étroit qui allonge ses jambes, à la main une rose qu'elle me tend d'un geste à la grâce lente, un sourire dans le regard.
Quelque chose de féerique dans cet instant comme soustrait au monde.

Je voudrais bouger pour toi, nue, danser pour toi et qu'ensuite tu me prennes, humide de transpiration, chaude de sexe, putain arrogante.

Aspirant le goulot de la bouteille d'eau minérale.
— Il y a des moments où je sucerais n'importe quoi.

— Quand j'étais petite, je ne pouvais pas supporter le contact de la peau de ma mère.

— Tu as beaucoup de sperme, c'est bon. Je vais le garder longtemps sur la langue.

— C'est toi qui m'as appris le nom des balsamines, et qu'elles sentent bon la nuit. J'en ai toujours un pot sur ma fenêtre. Je les regarde et, l'été, je pense à toi.

Bouleversée, raidie, les traits tirés.
— Je l'ai vu mourir, c'est dégueulasse.
Pâleur de ses joues.
— La mort est dégueulasse.
La tête sur mon épaule, ses bras autour de mon cou.
— Dis-moi que je ne mourrai jamais. Que je serai toujours jeune et jolie, toujours désirable.
M'étreignant.
— Qu'est-ce qu'il faut faire pour ne pas mourir ?

L'un dans l'autre, soudain en larmes.
— Dès qu'on aura fini, tu vas t'en aller, on aura tout fait comme si on s'aimait, mais on ne s'aimera

pas, je serai de nouveau seule, comme quand tu m'as trouvée dans la rue, avec les hommes, c'est l'amour que je cherche, qu'il y en ait un qui m'emmène chez lui et qu'on fasse tous les jours les choses ensemble, que ça ait un sens, quel sens ça a que tu sois dans moi avec ton sexe, il y a cinq minutes je ne te connaissais même pas, tu me serres dans tes bras comme si tu m'aimais et ce n'est pas vrai, c'est à peine si tu m'as regardée avant, tu ne sais même pas comment je suis faite, pourvu que tu me baises, pourvu que ça te fasse une fille de plus, toi, ça te suffit, vous êtes tous des pourris, je me suis promis que si avant trente ans je ne suis pas mariée, je n'ai pas réussi à avoir un foyer, je ne baise plus jamais, ça ne me manquera pas, j'en ai assez eu, ils ne se sont pas privés pour faire leurs saloperies avec moi.

— Tu me déshabilles ?
— Je te déshabille.
— Tu me déshabilles comment ?
— Les chaussures.
— Ensuite ?
— La robe.
— Dessous, j'ai une chemise de soie.
— Les bas.
— Le porte-jarretelles ?
— Non.
— Je le savais.
— Après ?

— Tu gardes aussi le soutien-gorge.

— Non. On l'enlève.

— On l'enlève.

— Restent la chemise de soie, la culotte et le porte-jarretelles.

— On ne touche plus à rien.

— D'accord. On ne touche plus à rien.

Les mains n'ont pas cessé leur irritant va-et-vient presque à hauteur de son visage enduit de désir.

— On prend un taxi.

— Dans le taxi, je ne veux pas que tu me touches.

— Toi, tu me toucheras.

— J'aurai peut-être mal aux pieds.

— Je m'occuperai d'eux dans la chambre.

Son pur sourire de jeune fille.

— Je pourrais enlever ma chemise, rien que pour scandaliser le chauffeur ?

— Tu seras nue ?

— Excepté la culotte et le porte-jarretelles.

Elle se couche contre moi.

— Un jour il faudra qu'on fasse ça pour de vrai.

Elle est grosse, sa robe jaune trop courte, on voit sa culotte à pois.

— Pourquoi tu veux jamais jouer avec moi ?

Aucun garçon ne veut jamais jouer avec elle.

— Je sais un jeu que tu ne sais pas.

Il lui manque des dents sur le devant de la bouche.

— On va vers les cabinets.

Elle me tire par ma chemise.

— Tu fais rien, tu te mets juste par terre sur le dos.

Allongé, je la vois qui quitte sa culotte et, jambes écartées, vient se placer exactement au-dessus de ma tête.

— Tu bouges pas, c'est le jeu.

Une éclaboussure chaude m'inonde la figure.

— Ah ! une bonne sucette, ça, c'est bon !

Elle se pourlèche d'avance.

Retour de la fête foraine.

— Je suis montée dans les autos tamponneuses. Il y avait un gros type, il exagérait, il n'a pas arrêté de m'en foutre des grands coups.

Un pantalon, un pull-over rouge.

Elle raffole des chaussures, qu'elle passe des heures à contempler dans les vitrines des magasins sans que, la plupart du temps, ses moyens l'auto-risent à l'achat qu'elle envierait

— Le pied, c'est l'amour.

Les jambes croisées, elle balance l'un des siens.

— Si on me caresse les pieds, je deviens élec-trique.

— C'était le soir, il faisait déjà nuit, il m'a suivie longtemps dans la rue, il n'osait pas me parler, je le sentais derrière moi, ça me faisait bander, tout à coup je me suis retournée, je l'ai poussé contre le mur, j'ai ouvert sa braguette, je l'ai branlé, je me suis accroupie pour le sucer et je l'ai laissé comme ça, je me suis sauvée, j'ai ri, j'étais mouillée.

Sa main sur la mienne.
— On va où ?
— Notre café. Tu mangeras des gâteaux.
Joyeuse.
— Oui, oui, oui, je veux ! On se met à la table du fond, dans l'arrondi des banquettes, on ne peut pas nous voir, je prends des gâteaux à la crème que je barbouille sur ta bite pour la lécher, je m'en mets moi aussi dans la chatte, je m'en mets toujours un peu, ça me fait quelque chose.

Elle voudrait savoir si j'ai déjà fait l'amour dans un confessionnal, peut-être qu'elle n'oserait pas, ça dépend, si quelqu'un la poussait dans la boîte, qu'il la prenne sans la laisser réfléchir, le temps de tirer un coup, ça ne lui déplairait pas, mais ensuite elle croit qu'elle aurait besoin de se confesser, et savoir qu'à l'endroit où elle aurait baisé il y aurait un prêtre assis, ça la rendrait hystérique, est-ce que j'ai déjà connu une femme hystérique ? est-ce que c'est vrai qu'on peut les calmer rien qu'en les baisant ? est-ce qu'autrefois on ne disait pas que ces femmes-là étaient des possédées ? c'est pourtant une maladie comme une autre, nymphomane aussi, mais on ne veut pas savoir qu'on l'est, on ne le dit pas, on le cache, quand on se prend un homme, on ne pense pas à ça, à ce compte-là, on pourrait dire que toutes les femmes qui baisent sont des nymphomanes ? que les désirs soient plus forts chez les unes que chez les autres, qu'est-ce que ça prouve ?

— Je vais avec ma voiture dans les quartiers un peu en marge. Je fais d'abord deux ou trois fois le tour pour qu'on me remarque. Une carrosserie comme la mienne, ça ne peut pas passer inaperçu. Les gosses accourent. Je ne garde que ceux de treize ou quatorze ans. Je les fais monter à l'arrière et je leur demande de se branler devant moi s'ils veulent gagner le beau billet de banque que je leur passe sous le nez et qu'à la fin je leur colle dans leur petit foutre, sur leurs petits sexes tendus. Lorsque c'est fini, il faut absolument que je baise, je n'y tiens plus, je ramasse la première bite qui se balade.

Allongée sur les marches d'escalier dans le couloir de l'hôtel, tandis qu'on entend à l'étage au-dessus une vive discussion entre femmes, elle écarte à peine ses cuisses. La culotte est un trait écarlate dans la profondeur mouvante.

— Tu sais combien je m'en suis pris, aujourd'hui ?

Ses yeux sont des fentes. Le bout de sa langue apparaît.

— Vingt.

Elle rit en penchant sa joue sur son épaule, la bouche large ouverte.

— Et je les ai tous sucés.

Vous voir nu, le sexe bandant, mes yeux pétilleraient de jouissance.

A trente ans, si je n'ai pas réussi ce que je veux, ou je me suicide ou je me fais pute.

— J'ai rêvé qu'un chat me griffait. Ça m'a fait peur.

Blottie.

— Quoi que je fasse, en moi, je resterai toujours comme une petite fille. Toi, tu dois comprendre ça.

— J'étais avec lui, on est entrés quelques minutes dans chaque immeuble de la rue, le temps de le sucer un peu derrière chaque porte. On s'était dit qu'il ne juterait qu'à la dernière. Je l'ai gardé dans la bouche en le faisant rouler de droite à gauche, les grosses joues, j'ai vu un agent de police, je suis

allée lui demander un renseignement, c'est juste
avant de lui adresser la parole que j'ai tout avalé.

Son rire est celui d'un enfant qui a fait une
bonne blague.

— J'ai écrit quelque chose. Tu veux que je te le
lise ?

Avec ses bois dorés, ses tentures, ses petits
meubles marquetés, son éclairage assourdi, la
chambre est comme calfeutrée dans la nuit.

D'un sac de voyage, elle sort un cahier d'écolier,
s'assied à côté du lit où je suis étendu.

— Tu m'écoutes ?

Elle croise ses jambes dont la lumière fait çà et là
pointiller la matière scintillante des bas. Ses cheveux blonds relevés sur les tempes, son profil aux
lèvres sensuelles, la peau délicatement rosée.

— C'est quelque chose que j'ai écrit comme ça,
un soir.

Le cahier ouvert sur ses genoux.

— Je commence.

Pour mieux voir, elle penche légèrement la tête
en avant.

— Si ça ne te plaît pas, tu me le dis.

Elle lit.

— Après avoir baisé, je sens qu'il m'écœure, je ne
le connais pas, il m'a parlé dans la rue, je l'ai suivi
à l'hôtel, de toute façon, c'est un sale con, il baise
comme un sale con, je le regarde, vautré sur le lit,
les bras repliés sous la tête, il a l'air d'un gros rat

gonflé, sa bite est molle, je me demande comment j'ai pu sucer ça, je voudrais lui vomir dessus, il faut qu'il sache ce que je ressens, il faut que je l'insulte.

Figure d'enfant.

— Crapaud enculé, vieille salope, perte blanche, pipi, bite pourrie, trou du cul, graillon, poils collés, coulure de cramouille, pédé, grognasse, glaviot, grosse merde pisseuse, ordure, lavure de chiottes, foutre de rat, foutre de merde, foutre de poubelle, foutre de chatte vérolée, foutre noir, foutre d'emmanché, foutre de vieille gonzesse, gueule de foutre, foutre, foutre...

Autour de nous, la chambre est une enveloppe fœtale.

Elle écrit :

Il est une heure du matin. Mes parents viennent de partir. Un bain coule. Savonne-moi. Par terre, un fouillis de soie blanche pour toi. Je suis érotisée à mort par toi. Il n'y a que dans ton regard que j'existe vraiment. Je suis à toi.

Elle est mariée depuis une dizaine d'années, mais leur couple s'est rapidement distendu. Elle prétend ne plus pouvoir depuis longtemps avoir avec son mari de rapports sexuels parce que chaque fois ils s'achèvent pour elle en malaise dont elle n'ose rien dire.

Ses parents réprouveraient son divorce, son mari

lui-même s'y opposerait, non par amour ou tendresse, mais par pure convention. Il est vrai que, dans l'entreprise où il occupe un poste important, on verrait d'un mauvais œil pareille solution.

Tous ses amis sont, en fait, ceux de son mari, qui s'est habilement employé à écarter d'elle quiconque n'était pas de ses relations. Elle n'a pas d'enfants. Elle se sent seule, sa vie gâchée.

Sa dernière espérance serait une rencontre heureuse qui lui apporterait à la fois une sécurité morale et de l'affection, car, à son âge, la trentaine passée, pour ce qui est de l'amour tel qu'elle l'a rêvé lorsqu'elle était adolescente, elle n'a plus d'illusions.

— J'ai tiré un trait dessus.

Elle pétrit un mouchoir.

— Alors, oui, quelquefois je descends dans la rue, comme une prostituée, et j'en choisis un pas trop mal.

Elle secoue la tête.

— C'est lamentable.

Affaiblie, le teint décoloré, elle est adossée dans son lit à deux oreillers.

— Ferme la porte, s'il te plaît, qu'on n'ait pas mon mari sur le dos.

Elle rejette le drap et la couverture. Elle est en culotte blanche sous une robe de nuit qu'elle remonte d'un coup.

— Ils m'ont tout enlevé. Ça ne se voit presque

pas. Regarde. C'est à peine une cicatrice. Ils m'ont dit qu'avec le temps ça ne se verrait plus du tout. J'avais tellement mal les dernières semaines que je me suis décidée du jour au lendemain.

Sourire.

— Dans un sens, c'est aussi bien. Je ne crains plus rien. On pourra me jouir dedans sans histoires.

— Je ne suis pourtant pas très belle, mais les hommes me choisissent plus souvent que d'autres que je trouve dix fois mieux que moi. Je ne sais pas ce qui les attire. Je crois qu'ils sentent que j'aime ça à la folie, parce que je le fais un peu pour l'argent, bien sûr, mais c'est surtout pour le plaisir. Le soir, je suis contente quand j'en ai ramassé beaucoup dans la journée. Normalement, je m'y mets vers midi, mais souvent je commence avant rien que pour calmer mon envie. Ce que j'aime, c'est quand on monte, que je les sens derrière moi qui me regardent. Je me mets à leur place, j'imagine ce qu'ils pensent, je me demande comment va être leur queue et ce qu'ils vont vouloir. Ça me picote tout autour de la chatte.

On la rencontre sans cesse dans les couloirs de l'hôtel en stricte tenue de femme de chambre.

— Est-ce que monsieur n'a besoin de rien ?

D'un doigt, elle lisse à plusieurs reprises ses sourcils.

En larmes dans la rue, la petite fille hurle, ses mains croisées par-dessus sa robe entre ses cuisses.

Jupe et veste sombres, silhouette mouvante.
Il se met à pleuvoir à grosses gouttes. Elle lève les yeux au ciel, secoue la tête comme un animal, s'enfuit en courant, bientôt disparue.

Parce que en marchant je glisse ma main dans la ceinture de mon pantalon afin d'ajuster ma chemise.
— Tu te les touches !
Elle s'efforce de se mettre à mon pas.
— On devrait pouvoir se toucher dans les rues. Bientôt.
— Ça m'a donné envie. Viens dans un coin, je vais te les tripoter.

Chaussures violettes au bout découpé.
— Les orteils ont quelque chose d'indécent.
Observant les siens.
— Je ne leur mets jamais de vernis. Je les laisse tels qu'ils sont, un peu nus, de cette façon, j'ai l'impression qu'ils sont mieux prêts à se faire faire l'amour.

— La branlette, c'est bien, mais c'est quand même jamais que du bricolage.

Elle referme son manteau.

— Ce que j'aimerais, c'est qu'on le fasse dans un lit, ce serait autre chose. Les gouttelettes sur la langue, et tout.

Il fait froid. Derrière les voilages de la large fenêtre, la lumière est un placage métallisé.

Grande, belle, la chambre semble incrustée dans une enclave de somnolence.

En vêtements noirs, elle se contemple dans la coiffeuse.

— Je suis pâle.

Elle approche son visage de la glace.

— Je n'ai pas dormi cette nuit.

Deux doigts suivent la ligne du dessous des yeux.

— Hier soir, j'avais un rendez-vous. Je m'étais dit que vers minuit je rentrerais chez moi. Ça s'est d'ailleurs fini plus tôt. Ça n'a pas marché. C'était quelqu'un qui essayait depuis des semaines, je l'ai fait cavaler pour rien. Je ne sais pas au juste ce qu'il voulait. Je ne l'ai même pas branlé, mais ça m'a énervée, il m'en fallait un, je suis allée dans plusieurs cafés. Finalement, je l'ai trouvé dans une librairie qui ouvrait la nuit. Il parcourait les livres, moi aussi, il avait l'air un peu fou, nos yeux se sont

84

croisés et j'ai su que c'était fait. On a d'abord commencé dans sa voiture, plus tard on a pris une chambre. Je ne sais pas ce que j'avais, ça m'excitait, comme d'habitude, mais avec lui, ça n'allait pas, je n'avais envie de rien, surtout pas qu'il me touche. Il se l'est fait tout seul devant moi. Je suis partie dans les rues. Il n'y avait presque plus personne. Je cherchais de la bite. Je devenais hystérique. Je suis montée chez un copain. C'est lui qui m'a tirée. Il ne voulait pas que je m'en aille, mais je devais te voir.

Son regard en portant lentement à sa bouche sa fourchette pleine qu'elle aspire, puis lèche des lèvres en la retirant.

J'ai besoin de me remplir de toi.

Fenêtre de la chambre ouverte sur la chaleur de la nuit.

— Je suis un petit chat. Un tout petit chat. Tu me mets dans la poche de ton pantalon pour que j'aie bien chaud. Vers les couilles, c'est toujours chaud. Je serai le petit chat de tes couilles.

Large robe à fleurs qui lui prend la poitrine, les seins moulés, durcis. Elle a l'élégance, la simplicité d'une jeunesse étourdie.

Elle me précède en courant dans les allées du jardin, va se planter, le dos contre un arbre, m'appelle en frottant lentement ses mains l'une contre l'autre, comme pour une longue caresse. Lames du regard à demi clos.

Elle se cale des pieds sur le sol, laissant supposer dans le tissu l'exact écartement des cuisses. Nue, elle serait obscène.

Elle sourit, tire la langue, la fait tressauter sur le bord de ses lèvres, incline d'un côté la tête, se refuse à être rejointe, tout doit se passer à la distance qu'elle règle.

Quelques promeneurs circulent dans les allées mordorées.

— C'est ici que je vis. Ce n'est pas très luxueux, mais petit à petit je fais en sorte que ce soit beau. Quand je le peux, j'achète une belle chose, ou on me l'offre.

D'une attendrissante dignité.

— Un jour, je voudrais habiter une grande, grande maison, remplie d'objets d'art, qu'elle soit belle partout, dans toutes les pièces, j'aime la beauté. Le monde est trop laid. Je me battrai pour avoir cette maison. J'en ferai une maison de rêve.

M'embrassant la main.

— Je t'inviterai. Pour te recevoir, je m'habillerai

tellement bien que je serai éblouissante. Après, je
ferai ma pute.

Les joues en larmes.
— A qui est-ce que je pouvais en parler?
Elle cherche un mouchoir.
— J'avais une peur terrible. Ça a peut-être été le
pire moment de ma vie.
Elle s'essuie les yeux.
— J'étais probablement idiote, mais quand une
fille n'est pas prévenue, je t'assure que ça te met
sens dessus dessous. J'avais aussi peur d'être mau-
dite, comme si j'avais fait quelque chose de mal,
comme si j'avais commis un sacrilège. J'étais certaine que c'était le diable qui était en moi, c'est ce
qu'on nous avait appris au catéchisme. Tout se
mélangeait dans ma tête.
Un timide sourire.
— Voir tout à coup du sang qui sort de soi sans
qu'on puisse s'expliquer pourquoi, c'est abomi-
nable.
Elle se mouche.
— Je ne sais pas pourquoi je te raconte ça, parce
qu'on parlait de ma vie.
Sa main dans ses cheveux.
— Plus tard, ça a été mon mari. La première fois
que j'ai eu mes règles avec lui, il s'est moqué de
moi. Je ne comprenais pas. Je le regardais comme
si c'était un monstre.
Elle soupire.

— Et pour couronner le tout, il voulait qu'on fasse l'amour. J'ai refusé. Il m'a giflée et il a essayé de me prendre de force. Je me suis défendue. Naturellement, il était plus fort que moi. Il m'a arraché ma protection et s'est mis à danser avec dans la cuisine. A la fin, il m'a laissée tranquille, mais j'étais broyée, j'avais honte et mal partout, si j'avais pu me tuer sur le coup, je l'aurais fait.

Elle me regarde

— Je ne devrais pas te dire ça, je crois que je ne l'ai jamais dit à personne.

On entend passer les voitures, les camions font vibrer les vitres, tandis que, proches, des voix d'hommes rudes, rugueuses s'élèvent par intervalles sans qu'on puisse saisir ce qu'elles disent d'un ton presque coléreux.

Active sur moi dans la chambre sombre, un peu sale, une seconde elle s'interrompt, lève la tête avec grand sérieux, presque menaçante :

— Quand ça vient, préviens-moi, je le prends pas dans la bouche, j'avale pas la fumée.

Elle écrit :

Ma faiblesse réside dans le fait que je suis comme un animal blessé et que j'ai besoin d'amour.

Calme matinal du parc où, sous le soleil poussiéré d'or, elle marche pour moi avec des allures de reine, la fine joliesse de son visage bizarrement accentuée par une paire de lunettes noires qui l'enrichit d'on ne sait quelle touche mystérieuse.

Nous avançons en silence, entourés de la splendeur des plates-bandes fleuries.

Voix qui n'est plus la sienne, profonde, caverneuse, sourde, inquiétante.

— J'ai envie de griffer. J'ai envie de mordre. J'ai envie de cracher. J'ai envie d'arracher des sexes. Je suis une diablesse.

Liée à moi.

— Tu sais que je suis une diablesse ?

Sur la banquette du café. Elle a une grande écharpe jaune autour du cou. Assise, sa jupe est à la hauteur de son sexe.

— Qu'est-ce que tu regardes ?

— Tes cuisses.

Les bas fumés, ornementés de surimpressions noires.

— Un centimètre de moins, et on voit ma culotte.

Les yeux baissés, elle se contemple elle-même avec concupiscence.

— Je suis vraiment bandante, non ?

Caressant mon bras.

— Tu sais ce que j'ai fait depuis qu'on ne s'est pas vus ?

Ses doigts cherchent à s'entrecroiser avec les miens.

— J'ai sucé comme une marteau.

Jeune, elle a épousé un haut fonctionnaire de police, mais il avait des exigences sexuelles qu'une honnête femme ne peut tolérer.

Après le divorce, elle a fait la connaissance d'un chirurgien-dentiste, très galant, très prévenant, malheureusement il avait une femme et des enfants et, avec sa profession, il n'était que rarement libre.

Elle n'avait pas encore vingt-huit ans lorsqu'elle a cru que sa vie de femme était finie, elle ne cherchait plus personne, elle n'espérait même plus, c'est pourtant à ce moment-là qu'elle a trouvé le vieux monsieur, toujours propre, toujours bien mis, qui a le cœur sur la main pour elle sans lui demander grand-chose, ce qu'il aime, c'est qu'on le lèche par-derrière, entre les cuisses, mais une fois ou deux par mois, pas davantage.

— Il y a une cabine téléphonique, je te sucerai, personne ne nous verra, je l'ai fait plusieurs fois. Tu suces et tu sais qu'il y a les gens qui passent sans se douter de rien. Toi, tu feras semblant de téléphoner, tu pourras me dire des trucs qui excitent. Est-ce que tu as une grosse queue ?

— L'hiver, c'est la mort.

Ses yeux noirs assoupis. Elle serre son corps entre ses bras.

— Je ne veux pas voir le monde. Je veux des chambres closes, chaudes.

Figée.

— Fais-moi l'amour, que je ressuscite.

Le matin se lève pour honorer ton sexe.

Presque collée à moi dans la rue à la station de taxis, elle soulève entre ses doigts la pointe de ma cravate et la suce à petits coups, ses lèvres amollies.

Dans la nuit, j'ai soif de ton sexe, j'ai soif de tes doigts dans mon corps, j'ai soif de te sucer jusqu'à te boire tout entier.

— Tu as quel âge ?

— Treize ans.

— Tu me trouves jolie ?

— Oui.

— J'ai vu que tu me regardes souvent.

— Oui.

— Tu croyais peut-être que je ne te voyais pas, hein ?

— Je sais pas.

— Qu'est-ce que tu regardais ?

— Vous.

— Ne fais pas le petit innocent. Qu'est-ce que tu regardais ? Mes jambes ou mon cul ?

— Je sais pas.
— Tu t'es branlé pour moi ?
— Oui.
— Souvent ?
— Oui.
— Combien de fois ?
— Je sais pas.
— Dix fois ?
— Peut-être.
— Petit cochon. Tu me trouves plus vieille ou moins vieille que ta mère ?
— Moins vieille.
— Tu t'es branlé pour ta mère ?
— Non.
— Mais tu t'es branlé pour moi ?
— Oui.
— Tu as déjà du jus dans ta petite pipette ?
— Oui.
— Tu es déjà monté sur une femme ?
— Non.
— Jamais ?
— Non.
— Menteur. Va fermer la porte, qu'on soit tranquilles. J'espère que maintenant elle est dure, ta petite pipette ?
— Oui.
— Dépêche-toi, je vais te la sortir. Elle est propre, au moins ?
— Oui.
— Oh ! et puis je m'en fous. Laisse-moi faire. Oh ! c'est vrai qu'elle est déjà grosse, ta saloperie !

— Je sais pas.

— Tu as honte ?

— Non.

— Tu n'as pas peur, quand même ?

— Non.

— Tu sens comme je branle bien ?

— Oui.

— Tu sais pourquoi on l'appelle ma roussette ?

— Non.

— Parce qu'elle est rousse, tiens ! Tu veux la voir ?

— Oui.

— Relève ma robe, j'ai pas de culotte. Elle te plaît ?

— Oui.

— Avant de lui mettre ta petite pipette, tu vas la sucer. Tu sais faire ?

— Non.

— C'est facile. Mets-toi à genoux, approche ta bouche et lèche bien. Dessus et dedans. Tu verras, c'est salé.

Immobile, un oiseau noir sur le faîte d'un toit.

Ses bras nus dans la manche courte de la robe ont encore la rondeur un peu grasse de l'enfance.

Voix aux intonations veloutées.

Elles sont deux, assises sur les chaises du square.

— Nous, on ne se sépare pas.

La seconde approuve.

— On se met d'accord ici. Vous dites ce que vous voulez, nous on voit ce qu'on a à faire, parce que vous savez, il y a des hommes, ce qu'ils demandent, ça vous lève le cœur. On ne comprend même pas comment ils osent proposer ça à des femmes.

Elles se présentent.

— C'est ma sœur.

— Ma sœur a un an de plus que moi.

— Ma sœur, elle, elle fait surtout les pipes.

— Ma sœur aussi les fait.

— Ils ont toujours dit que c'est toi qui les fais le mieux.

— Ma sœur sait bien faire assise sur une table.

— Mais nous, on ne veut pas de choses à côté.

— Ma sœur et moi, on le fait normal.

En direction de l'hôtel.

— Et puis vous verrez, ma sœur est en blanc, moi je suis en noir.

Dans la baignoire, elle se laisse laver les cheveux et coiffer comme une enfant.

La porte de l'ascenseur s'ouvre sur le large couloir aux épaisses moquettes. Elle me devance.

— Ça m'amuserait peut-être d'être femme de chambre dans un hôtel comme celui-ci. Je serais la femme de toutes les chambres où il y aurait des hommes seuls.

Elle saute sur un pied.

— A moins que les femmes me trouvent mignonne aussi.

S'arrêtant.

— Devine ? J'ai une culotte ou je n'en ai pas ?

— Quand j'aurai bien baisé de tous les côtés, quand je me serai envoyé tous les hommes que je veux, peut-être que j'entrerai au couvent. Tu me vois en sainte Pute ? Là-bas dedans, je serais encore capable de toutes les faire bander. Tu crois qu'il y en a qui n'ont jamais vu une queue ? Si j'en trouvais une jolie, ça me dirait assez de la sucer, ça me changerait des bites. De toute façon, ce n'est pas pour demain, j'aime trop les hommes. Si je sais qu'il y a une queue qui bande pour moi, ça me prend partout, je deviens démente, il faut qu'elle soit à moi. Juste cinq minutes peut-être, mais que je l'aie eue, que je me la sois mise. Tu crois qu'il y a des femmes qui peuvent s'en passer ? Moi, si je n'en avais pas, je prendrais n'importe quoi à la place. L'autre jour, j'ai sucé une pompe à vélo. Une vieille pompe à vélo que j'avais trouvée chez moi dans un placard. Je me suis aussi pompé dedans. L'air, ça me chatouillait, mais ça ne m'a pas fait bander.

A quelques pas de la chambre qui nous a été allouée, soudain, me serrant le bras, à demi confuse :
— Tu ne feras pas attention, j'ai mis un slip de mon mari.

Douceur de la ligne arrondie du menton.

Parfois, dans la rue, ou ailleurs, j'ai envie de m'effondrer en larmes tant le regard des yeux sur moi me blesse. Il y a de la haine de la part des hommes et des femmes et, de la part de certains hommes, le désir de m'avilir par leur sexe.

— Tu veux que je me redéshabille ?

— Je marche devant toi, tu me regardes et tu penses que je fais l'amour.

Le soleil de l'après-midi était brûlant. Sur le quai de la gare, elle attendait un train avec impatience.

A genoux, par terre sur le tapis, la planche du jeu de société étalée devant elle.

— Un, deux, trois, quatre. Je bande.

Elle jette le dé.

— Un, deux, trois, quatre, cinq, six. Je cherche une bite.

Le dé.

— Un, deux, trois, quatre, cinq. J'ai une bite.

Le dé.

— Un, deux, trois. Je me l'enfile.

Le dé.

— Un, deux, trois, quatre, cinq. Je la fais jouir.

Le dé.

— Un, deux, trois, quatre. Je bande encore.

Elle écrit :

C'est l'hiver. Laisse-moi être ta couverture. Il faut que tu aies tout chaud, tout chaud. Viens, je te donne mon petit duvet de poussin blanc pour mettre au chaud tes grelots.

Je te souffle des petits mots sur ta bite et tous ces petits mots soufflés te branlent.

J'ai envie de te sodomiser tes oreilles avec mes petits doigts.

Je soufflerai aussi dans ton petit cul pour que l'air de mon âme t'entre dans le corps, et j'y mettrai mon petit doigt mouillé par toi. Il est si menu que tu ne sentiras rien. Je te le laisserai pour être toujours avec toi.

Bruits de trains qui passent dans la nuit. Elle dort près de moi.

Chantonnant à mi-voix dans la salle de bains :
— J'ai bien baisé... J'ai eu ma queue...

Maigre, les cheveux cuivrés.
Elle crache méthodiquement dans la rigole au fur et à mesure qu'elle longe le trottoir. Refermée sur elle-même, elle semble ne voir personne, tout à son étrange occupation.

Dans la voiture qui roule.
— Je veux que chaque homme avec qui je vais m'apprenne quelque chose. Toi, qu'est-ce que tu vas m'apprendre ?

Robe vaporeuse, immobile au milieu du grand escalier qu'empruntent les passants pressés, elle remue le bout des doigts, mouvement fébrile qui pourrait être celui d'un appel aussi bien que celui d'une agaçante caresse.
Elle sourit, certaine de son irrésistible pouvoir sensuel.
La voix est un râle doux.
— Viens.

La gare. Dans un nouvel ensemble noir à l'étoffe légère, crevée sur chaque épaule d'une minuscule échelle aux intervalles laissant apercevoir la blancheur de la peau.

A mon bras.

— Tu as vu mes petits trous ?

Vers la sortie.

— Tu n'aimerais pas y mettre le bout de ta langue ?

L'air est griffé de pluie épaisse.

— Dans un tissu comme celui-ci, je me sens putain.

Le taxi.

— Je suis tout en noir. Dessous aussi.

Sa cuisse effleure la mienne. Elle la retire brusquement.

— Je ne veux pas qu'on se touche jusqu'à l'hôtel.

Elle regarde à travers la vitre.

— Ça fait plus d'une heure que je t'attends à la gare. Je suis arrivée exprès en avance pour penser à toi, bien me préparer. Tous les hommes me regardaient. Je suis sûre qu'il y en avait qui me prenaient pour une putain.

Ses lèvres sans maquillage.

— J'ai pensé à ta bite. A celles que j'ai sucées dans la semaine. J'en ai eu quatre. Ton train n'arrivait pas. Ça me mettait les nerfs à vif. Si tu n'étais pas venu, j'aurais pris le premier, au hasard. Une bite. C'est tout.

Le taxi s'arrête.

— Tu as vu sur le toit de la voiture ? Un petit oiseau à la tête toute jaune. Qu'il était joli !

Es-tu avec moi dans mon âme ?

Moi aussi, quand j'avais quinze ans, je voulais vivre un grand amour, une grande passion, je m'étais mis des modèles littéraires en tête, je m'imaginais dans de magnifiques robes blanches pour aller danser sous les lumières avec un élégant cavalier amoureux de moi qui m'aurait emmenée ailleurs, des lacs, des montagnes, des forêts où il aurait fait si froid qu'il aurait fallu me couvrir de fourrures dans lesquelles j'aurais été comme enfouie, la mer, les longues plages, je serais restée nue du matin au soir, le corps rempli de soleil, on aurait fait l'amour dans les plus beaux hôtels et j'aurais été capable de mourir pour lui, malheureusement, il y a eu la vie, lui, ce minable, la première fois il m'a emmenée dans une petite chambre crasseuse que sa famille lui prêtait, on était jeunes tous les deux, il m'a laissée me déshabiller seule dans un coin pendant qu'il en faisait autant dans un autre, on s'est couchés, je sentais l'odeur de ses chaussettes à côté du lit, il m'a tout de suite grimpé dessus, je crois bien qu'il bandait à moitié, il ne savait rien faire, brusquement, je l'ai eu en moi, il m'entrait dedans, ça m'a laissée complètement froide, il sautait comme s'il avait été sur un cheval de bois, c'était ridicule, il était pâle, ne disait pas un mot, je restais sans bouger, je ne

100

sentais toujours rien, j'avais peur qu'il me fasse mal, il s'est affaissé d'un coup sur mon corps, comme s'il se dégonflait, il est sorti du lit et s'est rhabillé en me disant que je devais me dépêcher, il se pouvait que ses parents arrivent d'un moment à l'autre, le tout n'avait pas duré dix minutes, j'ai voulu me laver, il n'y avait pas d'eau chaude et je n'ai trouvé qu'une serviette sale, je lui ai demandé s'il avait couché avec d'autres femmes, il ne m'a pas répondu, comme il prétendait m'aimer, on a continué pendant deux ans, un jour j'étouffais, ma vie était sordide, j'ai couché avec un homme plus âgé que moi, ça a été à peu près pareil, sauf qu'il me parlait et qu'il était tendre, il a fallu que je couche avec plusieurs hommes avant de comprendre que c'était moi qui fonctionnais de travers et que je devais faire mon deuil de mes rêves d'adolescente, maintenant, je ne suis rien, je traîne, je vais où le vent me pousse.

La vieille femme en noir urine debout dans la rue.

Souriant à demi, ses cheveux flottant autour de son visage à la fois usé et innocent :
— Je suis une vagabonde.

Dans un fauteuil, sa longue jupe ramenée sur le haut des cuisses bariolées de résille noire, elle fume

mécaniquement la cigarette que je lui ai allumée,
ses yeux soudain d'une eau trouble.

— Prends-moi dans tes bras, serre-moi fort,
embrasse-moi.

Vertige de sa richesse et de son exceptionnelle
beauté.
— On décide de baiser toute une nuit et au
matin tu m'étrangles.
Elle fait coulisser la porte vitrée de son balcon
d'où on découvre la ville embrumée.
— Je sais que tu ne le ferais pas. Viens à côté
de moi. On dit que l'air des villes est empuanti.
Ici, le matin, il y a une odeur de noisette. Tu
sens ?
Son déshabillé de dentelle.
— Je connais quelqu'un qui en serait capable,
mais c'est un eunuque. Un vrai eunuque, je ne
plaisante pas.
Les yeux fermés, elle étire ses bras au-dessus de
sa tête.
— Je souhaite quelque chose comme ça. Qu'un
jour on me retrouve morte, nue sur mon lit. Tu
sais, on entend toujours dire que l'enquête a révélé
des traces de sperme sur les draps. Moi, je voudrais
que ce soit sur ma langue.

Sa robe boutonnée devant.

— Si tu veux, je la déboutonne jusqu'à la taille et je sors avec toi dans la rue. Comme les putains.

— Les putains ne font pas ça.

— Si j'étais putain, je le ferais. Tu te rends compte, mon porte-jarretelles, ma culotte et mes bas noirs dans la robe rouge qui s'entrouvre à chaque pas, tu te rends compte du nombre d'hommes que je ferais bander et dans quel état ça me mettrait ?

Tentatrice.

— Dans la rue, si j'étais putain, tu me choisirais ?

La sortie d'une église.

— Moi aussi, j'aurais pu lui laver les pieds, même les lui lécher, je l'ai déjà fait à des tas d'hommes, ça m'excite de leur caresser les pieds, moi aussi je les ai essuyés avec mes cheveux. Lorsque je fais ça, je me sens exquisément perverse, j'ai comme des griffures sur les cuisses et dans le dos.

Ne me parle pas d'âge. Je me fous de l'âge. Pourvu que je sois avec toi et qu'on ait une vie folle. J'en connais qui n'ont pas la moitié de ton âge et qui sont des macchabées à côté de toi. Et puis, je veux que tu m'apprennes, qu'on fasse des choses ensemble. Du moment que je te fais bander, le reste ne compte pas.

Je suis toute décousue.

— Je n'aimais pas mon grand-père. Mort, la
famille s'est étonnée que je veuille rester seule un
instant avec lui dans la chambre mortuaire.

Figure creuse, les yeux noirs enfoncés.

— Je ne sais pas comment ça m'est venu. La nuit
d'avant, j'avais tellement pensé à sa queue que je
me suis demandé comment sont celles des morts.
J'ai regardé. C'était comme un gros ver de terre
blanc.

Brune, vive, gaie, tendre.

— Tu l'as déjà fait, toi ?

Elle s'empourpre.

— Moi, je ne l'ai encore jamais fait.

Me tenant la main serrée.

— Je veux bien le faire avec toi.

Dans mes bras.

— Ça me fait peur.

Petit corps tendu.

— J'ai entendu dire que ça fait mal, c'est vrai ?

Son bras autour de ma taille.

— Je m'étais promis que je ne le ferais qu'avec
quelqu'un que j'aimerais.

Elle se tait longtemps.

— Maintenant, c'est comme tu voudras.

Parcourue d'un bref tremblement.

— Demain, je pourrai dire que j'ai fait l'amour.

Rire saccadé.

— Demain, je serai une femme.

Elle a été trompée à plusieurs reprises, son mari est un coureur de jupons, chaque fois elle se le reproche, mais elle est jalouse, elle sait qu'elle ne devrait pas le lui montrer, mais c'est au-dessus de ses forces, ça se passe toujours de la même façon, il a du travail le soir, ou des amis à voir, ou des dîners, il rentre tard dans la nuit, il ne dit pas un mot, quelquefois son col de chemise est taché de rouge à lèvres ou bien il y a quelques cheveux de femme sur son veston, il se met au lit sans la toucher, comme si son contact la dégoûtait, il s'endort et le lendemain matin c'est pareil jusqu'au jour où il ne se donne même plus la peine de mentir, il ne rentre plus pendant une semaine ou deux, le temps que sa folie lui passe, car c'est bien une sorte de folie, puisque, ensuite, il redevient exactement comme il était auparavant, d'ailleurs, à deux reprises, elle l'a suivi, elle l'a vu avec des femmes sans charme ni beauté, ni même bien habillées, rien, l'une des deux était tellement grosse, qu'elle était boudinée dans un manteau affreux, c'est avec ça qu'il couchait, alors qu'elle est tout de même encore assez fraîche, dix fois plus jeune que ces pouffiasses, elle se doute de l'endroit où il les trouve, un bar en face de son bureau, il y a toujours un tas de femmes qui n'attendent que ça, un jour, dans une période où tout allait bien, elle a voulu lui parler sérieusement, essayer de savoir ce qui ne fonctionnait pas avec elle, il l'a regardée un long moment dans les yeux et a souri d'un sourire humiliant qu'elle n'oubliera jamais, elle devinait, elle sentait qu'au fond de lui il la traitait comme une pauvre fille, une malheureuse, elle l'aurait tué, elle lui a demandé ce qu'il fallait faire pour être à la hauteur de ces pétasses qu'il s'envoyait, il s'est contenté de hausser les épaules et de s'en aller, elle a cru qu'elle ne le reverrait plus, mais non, il est rentré le même soir, tranquillement, en lui apportant des fleurs, comme si un bouquet pouvait lui faire oublier une aussi terrible humiliation, du reste, depuis, elle ne sait plus qui elle est, quelle femme elle est, comment elle doit s'y prendre, comment elle doit vivre, elle voudrait coucher avec un autre homme pour qu'il lui dise franchement si elle est normale, elle a entendu dire qu'il y a des femmes qui font de telles choses au lit que les hommes en perdent la tête, qu'est-ce que ça peut être ?

Les bas blancs légèrement teintés sur les cuisses très fermes.

Je suis en dentelles de couleur.

Jambes ballantes sur le muret. Elle est frêle, d'une blondeur pâle.

— Tu sais des gros mots, toi ?

Ses yeux au bleu acéré.

— Pas des gros mots comme merde, ça, tout le monde le sait.

Elle baisse la tête sur sa poitrine, comme s'il se pouvait qu'ainsi elle disparût aux regards.

— Des mots comme dit ma grande sœur quand elle va avec les garçons. Je les suis sans qu'elle le sache.

Un frisson rétrécit ses épaules.

— Le soir, dans mon lit, je me les répète, seulement il y en a que je n'entends pas toujours, je ne peux pas trop m'approcher d'eux parce qu'ils me verraient et que ma grande sœur me battrait.

Elle saute dans l'herbe.

— Si tu veux, je te dis tous les gros mots que je connais, mais d'abord il faut que tu m'attrapes et que tu m'enlèves ma culotte.

Sur la table, la pointe de ses doigts caresse jusqu'à l'exacerbation la racine des miens.

— Je caresse bien ?

Sa main glissée à plat sous la mienne.

— Je suis perverse.

Une gravité sur ce visage si jeune.

— Quelquefois, je me demande si je suis ou non croyante ?

Elle lisse ses cheveux du plat de la main.

— Pour que je sois du côté de Dieu, il faut que le sexe soit du côté de Dieu.

Les longues mèches encapuchonnent la rondeur blanche de l'épaule.

— Si ce que j'ai fait avec les hommes est un péché, alors je suis bonne pour l'enfer.

Elle réfléchit un instant.

— L'enfer ne me fait pas peur. Je suis une fille du feu.

Je voudrais que tes yeux soient des choses qui me touchent la peau.

— Tu n'as jamais vu ma chambre ? Un jour, il faudra que tu viennes chez moi. Ça ne risque rien, mes parents travaillent toute la journée. On baiserait dans mon lit de jeune fille.

Fil aigu du sourire.

— Je ne me suis jamais fait sauter dans ce lit.

Ses doigts se posent délicatement sur l'extrémité de mon sexe qu'à travers l'épaisseur du pantalon elle pince entre le pouce et l'index.

— Tu l'as dure.

Elle tente de s'asseoir sur moi.

— Pas ici.

— Ici ou ailleurs, je m'en fous. Il y a une bite, je la veux

La nuit, dans le couloir de l'hôtel agrémenté de meubles anciens, elle sort de la chambre en culotte, seins nus, court jusqu'à une fenêtre d'où, quelques secondes durant, elle admire la ville illuminée, fait demi-tour, revient lentement en singeant une démarche d'une impressionnante dignité, elle pouffe de rire, se gaussant d'elle-même, passe un doigt sur ses lèvres, aperçoit dans un recoin l'amorce d'un escalier de service, s'y précipite, s'immobilise sur une marche, les cuisses largement écartées dans la culotte blanche transparente qui laisse deviner le brunissement du sexe qu'elle effleure d'une main glissante, la langue dehors, fait d'un mouvement de la tête voleter ses cheveux autour des épaules, alertée par un bruit, elle regagne à toutes jambes la chambre où, comme dans un abri, elle s'enfouit, posée sur le lit, les bras tendus pour étreindre.

— Viens vite, serre-moi, je veux être une putain.

Sa tête m'arrive à l'épaule, elle a les cheveux d'un noir luisant, les lèvres épaisses au maquillage gras, les bouts de ses seins pointent à travers le mince tissu du corsage ; courte, la jupe rouge colle à ses hanches.

— Je ne suis pas d'ici, et vous ?

Elle regarde son propre reflet dans la vitrine du grand magasin devant lequel nous nous sommes arrêtés.

— Tout à l'heure, il y a un homme qui m'a dit que j'ai l'air d'une salope. Vous trouvez ?

Elle fait d'un doigt passer une mèche de cheveux derrière son oreille.

— Dans la rue, je ne voudrais pas avoir l'air d'une salope.

Se rapprochant.

— Je veux avoir l'air d'une jeune fille.

Son bras sous mon veston.

— Qu'est-ce qui vous plaît le mieux ? Une salope ou une jeune fille ?

Accrochée à ma ceinture.

— Mes parents ne sont pas au courant, vous savez, parce que qu'est-ce que je ramasserais de mon père !

Me serrant contre elle.

— Ce n'est pas pour vous faire bander, je suis sûre que vous bandez déjà, je fais de l'effet à tous les hommes, mais c'est vrai, pour moi ça a commencé le jour où j'ai vu mon père tout nu avec sa chose en l'air. J'avais huit ans, mais je m'en souviens comme si c'était hier. Je m'en souviendrai toute ma vie, cette grosse queue droite. Je crois que ça m'a donné envie. Dès que j'ai pu, j'ai voulu en voir d'autres. Ça me fait toujours la même chose, j'ai le cœur qui bat, c'est comme si ma chatte bougeait, je ne sais pas comment dire, j'ai de la salive plein la bouche, rien que parce que j'imagine votre queue qui bande. Je connais un endroit au fond d'une entrée où il y a un grand recoin, c'est là que je le fais, ça évite de payer une chambre et on est aussi tranquilles. Ce n'est pas loin, venez.

— Il était allongé sur le lit tout habillé. Sans qu'il s'y attende, je lui ai attrapé la tête par les cheveux et je la lui ai enfoncée entre mes cuisses.

Regard glacé.

— Il ne savait rien faire, ce connard ! Moi, j'aime qu'on me suce dedans, profond, que je sente bien la langue.

De dos à la fenêtre.

— J'ai ramassé ma culotte, mon sac à main et je l'ai laissé en plan. J'ai claqué la porte. J'avais l'impression d'avoir la chatte pourrie. J'ai pris un taxi pour rentrer plus vite chez moi me mettre sous la douche.

Masse blonde de ses cheveux.

— De toute façon, dès que j'ai baisé, j'ai besoin de me laver tout le corps, de me purifier.

Il faut marcher sur la pointe des pieds dans le long couloir traversant l'appartement cossu.

Elle nous conduit, un doigt sur les lèvres. Nous avons un peu peur, mais sommes plus encore surexcités par ce qu'elle nous a promis que nous verrions.

Tout au fond, la porte ouvre sur la chambre de ses parents. Un grand lit recouvert de tissu rose, plusieurs commodes, un canapé, d'autres petits meubles, une glace, des lampes sur des tables, deux fauteuils roses, eux aussi, enfin l'armoire, cirée, reluisante, ses ferrures astiquées.

En grand mystère, elle en ouvre une porte, puis

l'autre. Les rayonnages sont garnis de haut en bas. Sur celui à notre portée s'entassent les culottes et les soutiens-gorge de sa mère, un à un dépliés devant nous, que nous pouvons toucher, sentir, à condition de ne pas les froisser.

Lorsque nous aurons quitté la chambre et l'appartement après avoir payé la dîme imposée à notre curiosité, à elle la tâche de remettre cette lingerie dans ses plis.

Elle écrit :
J'ai une folle envie de baiser avec toi. Rien qu'à l'écrire, cela me fige. Je voudrais vraiment être une femme avec toi. Je ne pense qu'à ça toute la journée.
Être avec toi dans un train après une nuit d'amour. L'escalade du désir — et sa plénitude. J'en rêve. Je suis obsédée par toi, le pathétique du sexe, de sa violence.

Derrière la vitre du train sur le point de partir, à son intention, elle suce son doigt et lui fait signe de sucer le sien. « C'est comme ça qu'on peut faire l'amour ensemble tout le temps, n'importe où. »

Elle savait l'attendre dans un lieu public tout en dansotant sur elle-même, un filet de sourire louche, forte de sa désinvolture.

Elle pouvait s'arrêter devant une vitrine de magasin et, soudain, y donner un large coup de langue avant de s'éloigner en sautillant.

— Tout ce qu'on entend dire là-dessus comme
bêtises, c'est impensable !

Sans grâce, dans un tailleur de coupe classique.

— Il y a vingt ans que je cherche l'amour.
Vingt ans que je cherche l'homme capable de
m'aimer, capable de me faire jouir. Je le cherche
toujours. Et on est des centaines dans mon cas,
voilà la vérité.

Le salon est une immense pièce blanche aux
pesants canapés bas et souples.

Les couples sont disséminés dans une demi-
pénombre. Une jeune femme au dos entièrement
nu dans une robe du soir en satin vert est d'une
assourdissante beauté. Les sourires s'échangent.

— C'est moi qui t'ai amené ici. Tu ne touches à
aucune de ces putes. Tu es avec moi, tu restes avec
moi. Si tu veux quelque chose, j'ai ma chambre à
moi au premier étage. Excite-toi sur elles tant que
tu veux, mais ton foutre est pour moi.

Ramassée sur elle-même, elle dort, la joue dans
une main, ses cheveux lui recouvrant une partie du
visage, le cou et les épaules. Il est l'heure que nous
nous quittions après une nuit ensemble.

Un doigt sur son sein. Elle grogne. Assis sur le
lit, je l'appelle à mi-voix, je sais qu'elle m'entend.

Les yeux fermés, comme endolorie :
— Je veux encore te sucer.

Sois dur. Craque de désir. Les couilles remon-
tées. Le gland à éclater.

Jour et nuit. Nuit et jour. Reste comme ça, tu
me fais bander.

Ma bouche, c'est mon sexe.

Regarde ma bouche, elle te mange.

Je parlerais pendant des heures, comme si les
lèvres de mon sexe te faisaient l'amour. Avec ma
langue, je te suçote le gland.

Je te sucerais des heures.

Sois gros, gros, gros et dur pour moi.

Dans la foule tassée de l'autobus, sa main qui,
malgré mes protestations chuchotées, s'introduit par
l'ouverture défaite et entreprend sa caresse nerveuse.
— Je veux que tu décharges avant le prochain arrêt.

Je n'ai dansé qu'une fois avec lui, à la fête de
son village, c'étaient des paysans, j'étais en
vacances, au début j'ai dansé normalement, mais
lorsque je me suis aperçue que je les faisais tous
bander, je me suis mise à les frotter, j'ai senti que
le grand ça le rendait fou, il me bourrait sa queue
dans le ventre comme s'il m'enfilait, après trois ou
quatre danses ensemble, il était sûr de me sauter, je

suis partie bien sagement à mon hôtel, il n'a pas osé me suivre, le lendemain j'ai quitté le pays, un soir, j'étais chez moi toute seule, je ne sais quelle idée j'ai eue de repenser à ce type, il me semblait que j'avais sa bite contre moi, j'ai pris le premier train et je suis arrivée chez lui en pleine nuit, il n'en revenait pas, il était torse nu avec un pantalon, je l'ai poussé dans la maison, j'ai fermé la porte et je l'ai sucé à l'entrée de la cuisine, il y avait une odeur de soupe et le chien n'arrêtait pas d'aboyer pendant que je pipais, l'autre lui gueulait de se taire, je me représentais la scène, moi en train de sucer ce grand connaud qui avait d'ailleurs une toute petite bite, j'aurais voulu pouvoir me voir, je me disais : « Est-ce que tu n'es pas dérangée, ma pauvre fille ? sauter dans un train pour venir sucer ce bout de bite quand tu en as des tas qui ne demandent que ça à deux pas de chez toi ? », je lui ai dit de se finir tout seul, que j'allais le regarder faire, il avait des mains si grosses que sa bite disparaissait dedans, on en voyait à peine le bout pendant qu'il se la branlait, une idée m'a brusquement traversé la tête, je lui ai dit que je voulais aller avec lui à l'étranger, que je l'attendrais le lendemain à l'hôtel avec les billets d'avion, le lendemain j'avais les billets, tu me vois en avion avec ce péquenot ? je suis partie toute seule, c'est curieux, c'est à cette époque que j'ai commencé à voir la vie différemment.

Parfum rouge de son âme.

Sais-tu que quand tu jouis dans ma bouche tu as la tête du Christ ?

Puisque tout le monde meurt, je voudrais mourir en faisant l'amour.

Elle habite avec sa mère un appartement de deux pièces au sixième étage d'un immeuble délabré, ce dont elle m'avait prévenu lorsqu'au café je l'avais abordée à sa table parce qu'elle était assise de telle façon sur sa chaise qu'on discernait sur un début de peau blanche la tranche plus foncée de son bas, que cette position était aguichante et qu'elle le savait.

Rapidement, nous en vînmes à ce qui me préoccupait, qu'elle était toute disposée à admettre, le seul obstacle, si c'en était un, consistait à aller de préférence chez elle plutôt que dans n'importe quel hôtel de rencontre.

Dans l'escalier qui prend jour seulement par des sortes de meurtrières vitrées, elle laisse à plusieurs reprises traîner sa main sur mon sexe, chaque fois poussant une petite exclamation s'achevant en succion.

— Tu es déjà en forme !

Elle ouvre la porte sur un salon vieillot éclairé par un lustre à pendeloques auquel, dans un souci d'économie, on a ôté quelques ampoules et où semble imprégnée une senteur vinaigrée.

— Je te présente maman.

Au fond d'un canapé déformé, siège en effet une dame d'un certain âge qui, maniérée, me tend à baiser le bout de ses doigts.

— Tu t'approches et elle te suce. Après, c'est moi qui te prends, dans la chambre à côté. Je le fais pour elle, elle ne peut plus sortir.

La vieille dame me ramène vers elle d'une main à l'arrière du genou tandis que, l'ouverture obtenue, elle y enfourne sa tête, la langue tirée, des petits râles de satisfaction gargouillant dans sa gorge.

— Faites ce que vous avez à faire, je ne vous regarde pas.

Enfouie dans un fauteuil gris aux ressorts épuisés, la fille feuillette un livre.

— Je peux quand même te dire que chaque fois ça me fait quelque chose. Tu verras tout à l'heure.

Je commence à lécher tout en haut de l'oreille, ensuite, je descends avec ma langue sur le pourtour, puis je remonte, comme ça plusieurs fois, en mouillant bien avec ma salive, et à la fin j'enfonce ma langue d'un coup dans le trou. C'est comme si on m'enculait.

Au milieu de la nuit, dans la chambre d'hôtel proche de la gare, éclairée par les lumières rouquines de la rue.

— Je ne sais pas si je l'ai aimé.

Hésitation.

— Au début, oui, peut-être. On était si jeunes tous les deux. On avait aussi les mêmes ambitions, ça compte.

A plat, ses seins se lustrent d'un filet de clarté extérieure.

— Au lit, malheureusement, c'était néant. Incapable de se retenir, on n'était pas plutôt couchés que c'était déjà fini.

Émouvante de jeunesse.

— Et puis, il m'énervait avec sa peur de me mettre enceinte. C'étaient toujours ses préservatifs, ça me coupait tout, ça me donnait envie de vomir, je ne peux pas sucer ça.

Rafale de tristesse dans le regard.

— A présent, ma vie a changé. Je baise comme je veux, le reste je m'en fous.

— Tu le revois ?

Un rire intérieur, avec sur moi ses yeux mordants, troubles.

— De temps en temps. Ça m'amuse de le réessayer.

— J'ai su que j'étais devenue une vieille femme le jour où j'ai remarqué que les hommes trouvaient des prétextes pour ne pas rester avec moi, ne pas m'accompagner lorsque je sortais, pour ne pas être vus en ma présence. J'aurais cependant pu leur offrir quelque chose de savant qu'ils ne trouveront nulle part ailleurs : du plaisir désespéré.

La main m'empoignant le sexe dans le pantalon.
— Oh ! qu'est-ce que je sens !...

— Comment tu me veux ? En bas noirs ? En bas blancs ? Avec ou sans soutien-gorge ? Je viendrai comme tu veux.

Sourire de la vendeuse de grand magasin agréablement parfumée.

Si ça se pouvait, dans la rue j'arrêterais les hommes pour leur demander de me montrer leur queue.

Pour toi, je peux être tout ce que tu voudras.

— Mets-toi sur le lit, ne bouge pas, attends, je vais revenir.
Elle passe dans la salle de bains où elle s'enferme à clé. J'entends les menus chocs qu'elle provoque en posant ou en soulevant des objets sur l'entourage

du lavabo. J'éteins une cigarette dans le cendrier de la table de chevet.

Il me semble que quelque part ont sonné deux ou trois heures du matin. Dans la rue, une voiture klaxonne.

La porte de la salle de bains s'ouvre. Elle a revêtu une sorte de voilage mauve au travers duquel se distinguent dans la lumière derrière elle l'écartement de ses cuisses et quelques poils de son sexe. Elle est exagérément maquillée. Ses seins apparaissent en ombres rondes.

— Je suis ta putain. J'ai encore le goût du foutre dans la bouche. Tous ces pourris que j'ai sucés dans la journée, mais si c'est pour ta bite je suis toujours prête. C'est toi qui m'as appris que les putes gardent leur meilleur jus pour leur maquereau. D'abord, j'éteins les lumières, je viens vers toi à pas de loup, tu ne m'entendras même pas, je la prendrai dans ma bouche sans que tu te rendes compte que je suis là. Ma langue est spéciale, c'est une langue de vipère.

— Je veux bien, mais alors on ne fait pas l'amour, je fais l'extravagante, c'est tout.

Elle entre dans la chambre vêtue de sa seule culotte épaisse qui lui prend la taille, garnie d'un rabat de dentelle illustré à l'endroit du sexe d'une figurine de Mickey exécutant une gigue.

Sous-vêtements de femme éparpillés près du lit. Un soulier bleu versé sur le côté.

Au restaurant, je ne peux plus prendre de mousse au chocolat depuis que je sais que chez toi j'en ai mangé mélangée à ton foutre.

Dans quelques instants, l'heure de mon train. Elle tire d'une poche une suite de feuillets de petit format.
— C'est cette fille dont je t'ai parlé qui m'a écrit. Je l'ai tellement dorlotée quand elle est venue coucher chez moi que je crois qu'elle est un peu amoureuse. Je ne la perds pas de vue. Après quelques années de bite, je l'aurai.

— Quelquefois, lorsqu'il faut attendre pour traverser la rue, je me mets à fixer un type que je choisis au hasard sur l'autre trottoir. Je ne le quitte plus des yeux jusqu'à ce qu'on traverse, qu'on se croise. A ce moment-là, je m'arrange pour le frôler et je sors la pointe de ma langue. Ça les rend fous. Ils ont des yeux de fous. Moi, ça me met les nerfs à fleur de peau.

La grande réserve du dépôt de textile est encombrée de marchandises diverses, de matelas neufs entassés.

La contremaîtresse est une femme d'une trentaine d'années, très maquillée, habillée au mieux de ses moyens.

Je ne suis encore qu'un enfant qui va entrer dans l'adolescence mais, déjà, inexplicablement, j'ai ressenti l'espèce de trouble imprécis qui émane de cette femme lorsqu'on se trouve seul avec elle. L'ongle de l'un de ses pouces est fortement spatulé, indice contribuant à la rendre quelque peu mystérieuse à mes yeux.

— Descends un matelas.

— C'est pas ce qu'on nous a dit de faire ?

— C'est moi qui commande. Descends un matelas et mets-le par terre.

Du sommet de l'escabeau, je réussis à faire glisser sur le sol parqueté le matelas qu'ensuite elle m'aide à étaler, s'y laissant aussitôt tomber sur le dos de toute sa hauteur.

— Tu as déjà vu une femme sur un lit ?

Je ne comprends pas exactement à quoi elle fait allusion.

D'un geste sec, elle découvre ses cuisses jusqu'au léger bossellement de son sexe dans la culotte.

— Approche.

Elle me prend la main, la tire, me fait basculer.

— T'es encore puceau, ma parole ? Je vais t'apprendre, c'est pas difficile.

Elle me déshabille tant bien que mal, sort ses seins, me colle la bouche dessus en me demandant de les sucer, ce que je fais mécaniquement tandis qu'elle me branle.

— J'espère que tu l'as grosse ? C'est une grosse zizette que je veux.

Elle m'entraîne ensuite à faire l'amour. La découverte de ce plaisir avec une femme expérimentée semble m'infuser des forces que jamais encore je n'avais connues.

— Tous les samedis matin, tu seras de service à la réserve. On le fera tous les deux.

Elle se rapproprie.

— Qu'est-ce que tu as comme foutre, dis donc, petit saligaud, tu m'en as foutu plein les cuisses.

Explique-moi ce que ça veut dire : baiser à mort ?

— Mets le bout de ta queue dans le petit pot de confiture, je te le sucerai. C'est comme ça que j'aime déjeuner. Je suce et je croque un morceau de biscotte. A la fin, tu verras, le nœud est tout gluant de confiture, de miettes de biscottes collées et d'un peu de foutre qui vient sans que tu le veuilles. Je pompe, je lèche tout. Tu as la bite bien propre.

Sur le lit défait, au petit matin, à demi vêtue, assise les jambes repliées sous elle, cuisses largement ouvertes, son sexe rose aspire le vide par une suite de succions rapides.

— Remplis-la encore un coup. Tu vois, elle a encore faim. Regarde ce qu'elle sait faire.

Elle imprime à cette partie de son corps qui en est devenue comme le centre de bizarres tressautements.

— J'ai quelque chose au fond de la chatte que les autres n'ont pas. Quelque chose qui rend les bites folles.

Auréolée d'éclatante jeunesse, son visage où la sueur a collé quelques mèches est d'une diabolique beauté.

Pour toi, je serai femme, maîtresse, mère.

Elle m'enlace amoureusement tandis que nous flânons dans les rues ensoleillées.

Un éclat de rire.

— Pourquoi ris-tu ?

Elle hausse doucement une épaule et s'ébroue la tête en gamine.

— Parce que, avant de venir te chercher, je lui ai recommandé de faire la vaisselle, de laver le parquet à la brosse, et que je sais qu'il est en train de le faire.

Son pas léger.

— J'ai rêvé de toi toute la nuit. On était dans une maison à la campagne, une jolie maison blanche, mais à l'intérieur toute remplie de détritus et tu me disais que c'était là-dedans que tu allais me baiser. J'avais comme de la liqueur qui me coulait dans le corps.

— Prends. Cogne. Fous-m'en des coups tant que tu peux, que je la sente bien au fond. Pousse. Enfonce. Vas-y fort. Casse-moi la chatte. Et retiens-toi, retiens-toi ! J'en veux encore. Tape Défonce. Bourre. Attends mon jus pour décharger. Je veux que ça vienne ensemble. Je te ferai le reste après. Tu pourras me fourrer la bouche. Je me mets les bites dans la gorge. Brosse, brosse, racle. Mords-moi les seins. Si tu veux, je me retourne tout de suite. Je suis aussi large derrière que devant. Mets ton doigt. Bourre, bourre, que ça me secoue bien le ventre. Parle-moi. Dis-moi des mots dégueulasses. Dis-moi que je suis une putasse, que je me suis déjà emmanché cent bites. Parle-moi à l'oreille. Crache-moi dedans. J'aime que la bave me mouille. On dirait du petit foutre Lâche pas, salaud, lâche pas, je vais jouir !

— Je me marie. mais c'est comme si j'allais à l'abattoir

Sur un banc de pierre dans l'obscurité du jardin public longeant le fleuve dont on entend les remous.
— Je mouille. Touche.
Elle prend ma main, la tire sous sa robe entre ses cuisses.
— Tu sens?

Si tu avais pu voir la gueule du type quand il a commencé à me tripoter et qu'il s'est rendu compte que, dessous, j'étais tout en soie, ça lui a fait peur, j'ai compris qu'il ne me sauterait pas.

Je veux me salir l'âme.

Elle disparaît en glissant de tout son corps le long de la banquette. Les doigts impatients cherchent la fermeture.

La bouche est large, chaude, lourde de salive, la langue tantôt s'enfonce, creusée, entoure, vrille, tantôt de toute sa surface humide accentue sa caresse.

Petit animal ondoyant, elle se retrouve à côté de moi.

— Pourquoi tu n'as pas voulu jouir ?

Accrochée à mon bras, la tête presque couchée dans ses cheveux déployés sur la table.

— Je veux ton foutre.

Elle me serre le poignet jusqu'à la douleur.

— Tu sais bien que j'ai envie de foutre ?

Humble.

— Je t'aurais essuyé avec mes cheveux.

— Toi, je te connais.
— Non.

— Je te dis que je te connais.
— Non.
— Je n'oublie jamais la tête d'un client.
— Je ne suis pas un client.
— Comme si tu n'étais jamais monté avec moi !
— Jamais.
— Menteur. Vous, les hommes, vous êtes tous des sales menteurs. En tout cas, aujourd'hui, si tu voulais monter, je te dirais non.
— Je ne veux pas monter.
— Tu ne vas pas me faire croire que tu n'aimes pas les putes ? Tous les hommes aiment les putes. Je suis bien placée pour te le dire.
— Je n'ai pas dit que je n'aime pas les putes.
— Alors ? Qu'est-ce que tu veux ?
— Rien. Je te regarde.
— Et tu me trouves comment ?
— Bien.
— Bonne à baiser ?
— Bonne à baiser.
— Alors, je te monte ?
— Non.
— Pédé. Va te faire niquer.

Appelant d'un signe de la main depuis sa voiture garée entre d'autres le long du trottoir.

La vitre baissée.

— Je ne suis pas chère, et pour ce prix-là vous avez une petite fille qui se déshabille et qui suce bien.

Son large sourire laisse apercevoir le plat de la langue.

— Et puis, je fais tout ce qu'on veut.

Les yeux noirs malicieux.

Elle écrit :

Il est une heure du matin. Je viens de fumer une cigarette. Je l'ai fumée avec tout mon désir. Ce soir, je suis folle de toi.

Ma bouche qui s'ouvre.

Mes dessous noirs.

J'aimerais être affreusement pute. Je ne l'ai pas été assez avec toi.

J'aime quand tu as ta tête de casseur. Les hommes te regardent. Je suis sûre qu'ils ont la trouille. Avant, moi aussi tu me faisais peur. Tu me faisais peur, mais j'aimais ça. Quand tu serres tes lèvres et que tu plisses tes yeux, tes mâchoires deviennent carrées. On dirait un tueur. Tu pourrais tuer quelqu'un ? Réponds-moi, je veux savoir. J'y pense souvent : est-ce que tu pourrais tuer quelqu'un ? Tu ne veux pas répondre ? Tu es capable de tuer quelqu'un. C'est pour ça que tu me fais bander

— Ma mère, ce n'est rien du tout, c'est à peine une femme, sa vie, ce sont ses enfants et faire de la cuisine pour mon père, ce raté, il est sans arrêt en train de parler de femmes ou de raconter des histoires puantes, mais, à part ma mère et, peut-être, une autre bonne femme à la sauvette, il n'a rien baisé du tout, j'en mettrais ma main au feu, il n'attend qu'une chose, savoir que je me fais baiser, mais avec lui je joue les petites filles sages, ça lui ferait trop plaisir, à ce connard, de baiser par procuration, depuis mon enfance je n'ai entendu de lui que des saloperies sur les femmes, nous dire devant ma mère, mon frère et moi, toutes celles qu'il s'était envoyées, en imagination, pas besoin de chercher, et ma mère qui écoutait ça sans rien dire, toujours à lui faire les petits plats qu'il aimait, pour que ce con soit content et continue à bander dans sa tête, je parierais que si demain je ramenais à la maison trois types costauds, parce que son idéal d'homme, c'est le gros musclé, celui qui pourrait lui mettre deux claques dans la gueule sans qu'il bouge même le petit doigt, je parierais que si je lui disais que je me fais sauter par les trois en même temps, il serait fier de moi, ce taré, il a peur de vieillir, de mourir, il ne pense qu'à ça, sa mort, il nous la servait à table midi et soir quand j'étais à la maison, c'est une loque, je ne comprends pas que ma mère ait pu coucher avec et se faire faire des gosses par-dessus le marché.

Dans le grand hall de l'hôtel.
— Est-ce que je ne suis pas la plus jolie de toutes ?

Une certaine audace, une élégance sauvage, un goût sûr pour s'habiller, elle est, en effet, la jeune femme la plus attirante de l'endroit.

— Et je sais aussi que je suis la meilleure baiseuse.

L'ascenseur.

— Toi et moi, on ne vivrait que dans les grands hôtels. Pour la note, pas de question, je suis là. Jamais encore je ne me suis fait payer, mais je n'hésiterais pas. Ça te plairait ? Au lit avec une bonne baiseuse et, quand il le faudrait, une bonne gagneuse.

— Tu mens.

— Il n'y a pas de vie sans mensonge.

— Tu mens avec tout. Avec les mots. Avec tes sourires. Tes regards. Avec ton corps.

— La seule vérité, c'est la mort, et moi je ne veux pas de la mort. Je veux de la vie. Alors je mens.

— Comment fais-tu avec tous tes types ?

— Je m'arrange.

— Je sais ce que tu penses des hommes.

— Je n'en pense rien. Ils me baisent quand j'en ai envie, c'est tout.

— Si ce n'est que ça, alors pourquoi mens-tu ? Pourquoi es-tu toujours en train de mentir ?

— Tu veux le savoir ? Parce qu'ils s'attendent tous à ce qu'une fille comme moi leur mente.

— Tu as le sang d'une salope.

— Qu'est-ce que tu me reproches ? Ma force ?

— Est-ce que tu n'as jamais dit quelque chose de vrai à un homme ?

— A un homme, je lui dis baise-moi ou laisse-moi te baiser, rien d'autre.

Surgie de la nuit, elle me tend son sac pour avoir les mains libres.

— Tu vas voir.

Elle attrape le bas de sa jupe de laine moulante et, d'un coup, la relève sur une large culotte noire.

— Tu as vu ?

Elle tourne lentement sur elle-même.

— Et maintenant, qu'est-ce que tu vas faire ?

Sa jupe retombée, ses yeux sombres fixant les miens, d'une main elle fait le simulacre de branler un sexe d'homme.

— Salaud.

Elle fume à pleines lèvres la cigarette qu'elle a glissée entre mon gros orteil et le suivant.

— C'est aussi bon que sucer. Tu vois ma bouche comme elle est enflée ? Ce que je voudrais voir en même temps que je fume, c'est ta bite. Ouvre ta braguette et laisse-la dehors.

La chambre est enveloppée de fumée.

Elle aime sa fille, mais elle est incapable de lui donner de la tendresse, quelque chose qu'elle ne s'explique pas l'empêche même de la toucher, d'entretenir avec elle des rapports corporels, sa mère se conduisait avec elle de la même façon, elle était aimée, bien nourrie, bien habillée, mais la tendresse n'existait pas, jamais aucune preuve d'amour, elle en a souffert, se refermant très jeune, ça a indéniablement eu des répercussions sur sa vie de couple, elle a divorcé deux fois, c'est ce qu'elle voudrait lui épargner, parce qu'elle fait en sorte qu'elle ne manque de rien, bien que ce ne soit pas toujours financièrement facile, mais, avec cette adolescente, elle ne se sent pas le courage de faire davantage, il y a entre elles une sorte de mur infranchissable, sans doute est-ce aussi pénible pour l'une que pour l'autre, comme autrefois ça l'était probablement pour sa mère, mais on ne peut aller contre ces empêchements psychologiques, elle est inconsciemment jalouse des succès de sa fille, il lui arrive de vouloir la réduire à néant, au fond d'elle, elle est la première à en souffrir, mais dans la vie quotidienne il lui est impossible de se comporter différemment, elle sait par avance qu'elle sera jalouse de son bonheur si toutefois elle trouve un homme qui la rende heureuse, rien ne les lie en profondeur, elle ne peut ni l'embrasser ni lui accorder des moments de cajolerie comme on en fait habituellement aux enfants, c'est comme si elle était sa mère par erreur.

Petit nez rond dans le visage penché à l'expression sérieuse.

— Il n'y a rien de plus beau qu'un sexe en érection.

Elle veut savoir chez moi où je me trouve, si je vais me branler en l'écoutant me parler au téléphone.
— A la fin, laisse tomber ton foutre par terre. Je l'imaginerai sur la moquette, une petite tache blanche, gélatineuse. Fais-le doucement, je te dirai quand il faudra que tu jouisses.

A l'aube, sous le maquillage estompé, ses traits creusés, la fatigue au fond des yeux, un abandon, une lassitude triste.

— Tu aimes qui ?
— Les bites.

Je n'ose pas vous parler de votre odeur sucrée qui m'envoûte.

Éclatant de rire, elle se lance sur le lit de tout son poids, bras en croix, les yeux fermés.

— Tu sais ce qu'il me fait, ce maniaque ?

Elle frotte l'une contre l'autre ses lèvres fraîchement maquillées.

— Il lit devant moi des revues de femmes, après il va se coucher et s'endort comme une masse. Il ne se branle même pas, ce sans-couilles !

Elle agrafe son soutien-gorge.

— Un jour, il faudra que je lui apporte du foutre d'homme, pour qu'il sache enfin ce que c'est !

Je voudrais te sucer jusqu'à la moelle. Je voudrais que tu aies d'abord beaucoup de jus, que ça me coule longtemps dans la bouche. Je te sucerais, tu fondrais petit à petit, jusqu'à ce que tu ne sois plus que ta queue. Je la sucerais encore et elle diminuerait jusqu'à ce qu'il ne reste plus rien de toi.

— Tu es fatigué ?

— Non.

A genoux sur le lit.

— On joue au jeu des fleurs.

Figure puérile.

— Tu me demandes quelle fleur je préfère et je te réponds.

Mains jointes devant sa bouche.

— Tu commences.

— Quelle fleur préfères-tu ?
— La pine. Mais la grosse.
La tête droite.
— Demande-moi encore.
— Quelle autre fleur préfères-tu ?
— La chatte. Mais bien ouverte.
Elle se mord les lèvres en riant.
— Il y en a encore une.
— Laquelle ?
— Le petit trou du cul. Mais bien léché.

De neuf à quinze ans, je me suis préparée à l'acte du don de moi-même pour un homme unique.

— Je suis une putain frigide.

A ma mort, je veux qu'il y ait autour de mon lit tous les hommes qui m'ont sautée. Je suis sûre que la mort sera impressionnée et qu'elle m'épargnera.

— Moi, c'est juste la branlette, mais j'ai une copine qui pompe.

Jeunes seins entrevus dans l'échancrure du corsage blanc.

— Tu sais ce que je fais quand je suis bien chaude ? Je les retire et, sans cesser de les branler, je les fais remonter jusqu'à mes seins pour qu'ils déchargent entre. Je ne me lave pas pendant plusieurs jours. Ça colle, ça sèche sur la peau, ça a une odeur que je sens en marchant dans la rue rien qu'en baissant un peu la tête. Je suis sûre que tu ne connais pas l'odeur du foutre aussi bien que moi.

— Il est maladivement jaloux, il ne l'aime pas, elle ne l'a jamais aimé, elle ne se souvient même plus de la raison pour laquelle elle l'a épousé, pour avoir quelqu'un auprès de soi, pour n'être pas toujours avec l'un ou avec l'autre, il est sans intelligence, sans égards pour elle, il est à peine capable d'assumer son travail, elle n'a rien dit pendant deux ans, elle a tout fait pour être une épouse irréprochable, un jour, ça n'a plus été supportable, il la traitait moins bien que son chien, elle a pris la décision de sortir tous les soirs, au début, les disputes ont été violentes, il a même levé la main sur elle, elle a tenu bon, il n'avait jamais les moyens de lui offrir ce dont une femme a besoin, à présent, elle s'achète ce qu'elle veut, elle a ses petites combines, ses petits arrangements, les hommes avec qui elle sort sont généreux, ils la font jouir, ce qu'il n'a jamais réussi, il lui faut ça, c'est une vraie femme, elle ne rentre qu'au petit matin, il la guette, chaque fois c'est la même question, d'où vient-elle ? elle a d'abord essayé de lui mentir, à quoi bon ? elle a fini par lui dire la vérité, il avait l'air abasourdi, complètement assommé, il la regardait comme un idiot, assis sur le radiateur de la chambre, il s'est mis à pleurer, il lui a demandé pardon, elle est allée s'enfermer dans la douche, la fureur l'a pris, il tapait à grands coups de poing dans la porte, elle a eu peur, elle lui a ouvert, il s'était taillardé le visage avec la lame d'un couteau, il était en sang, horrible à voir, avant d'appeler un médecin, elle l'a épongé avec des gants de toilette, il s'abandonnait comme un enfant, à un certain moment, il a murmuré maman, elle l'a giflé, il s'est laissé tomber sur le carrelage en sanglotant, elle s'est lavé les mains, elle l'a laissé où il était, elle s'est habillée, elle a sauté dans un taxi, s'est fait conduire chez quelqu'un, ils ont fait l'amour toute la journée.

Insectes de familles différentes se croisant sur un brin d'herbe. Quelques attouchements d'antennes, puis chacun repart de son côté.

— Je m'assieds dans les jardins publics, je n'ai pas de culotte, je leur fais voir ma touffe

— Elle venait chaque soir dans notre chambre nous embrasser. Au début, elle ne m'a pas touché, peut-être parce que j'étais le plus grand. C'est mon frère qui couchait à côté de moi qui me l'a dit. Je l'ai traité de menteur. Mais un soir, moi aussi, j'ai senti dans mon pyjama sa main qu'elle glissait sous le drap pour nous branler, parce qu'elle nous branlait ensemble. A la fin, mon frère poussait des petits cris, des petits soupirs. Moi, ça me faisait serrer les dents. Ça a duré longtemps, jusqu'à ce qu'une nuit elle me réveille seul. Dans le noir, je ne la voyais pas, je ne distinguais même pas sa silhouette. Le drap s'est soulevé, elle me l'a sortie comme d'habitude, puis elle s'est penchée. Le lendemain matin, dans la cuisine, préparant nos petits déjeuners, je la regardais aller et venir comme si ce n'était pas elle qui faisait ça. Elle me semblait tellement irréprochable que je me demandais si je n'avais pas rêvé.

Elle s'évertue à me retenir jusqu'à me prendre entre ses bras et m'embrasser, femme encore jeune, mais au teint jaune, des dents absentes, trous sombres que révèle le sourire qui se veut sensuel.

— Tu n'aimes pas baiser ?

Le matin, en partant de chez moi, je sais que je vais y aller. Ça me met dans tous mes états. Certains jours, pendant que je fais ma toilette, je me dis que je n'irai pas, que je ne dois pas y aller, mais je sais d'avance que rien ne pourra m'en empêcher. Devant le café, au lieu d'entrer, j'en fais deux ou trois fois le tour pour retarder le moment où ça commencera. Je marche dans la rue comme si j'étais pressée, j'entends le bruit de mes talons sur le trottoir, je pense aux putes qui marchent de long en large.

Lorsque je n'y tiens plus, j'entre, je m'assieds à une table, le personnel me connaît, les garçons me serrent la main.

Dès qu'un homme me regarde avec un peu d'insistance, je descends aux toilettes. Il ne tarde pas à arriver. Je pousse la targette, je soulève ma jupe, je pose un pied sur la cuvette et je me fais mettre.

Parfois, dans la salle, je vais directement à la table où l'homme est assis. Je le regarde dans les yeux et lui dis : « Je vais aux toilettes. Vous me suivez ? » Ça m'excite follement. Il y a des jours où, aussitôt qu'on a refermé la porte, je leur dis que j'ai envie de les sucer, même si ce n'est pas vrai.

S'ils ne jouissent pas en moi, je les finis à la main ou à la sucette, mais la plupart du temps c'est inutile, ils me bourrent à toute vitesse. Les jours où ça me passe par la tête, je leur dis aussi que je suis une prostituée.

Dans la mousse blanche de son chemisier entrouvert sur le soutien-gorge, ses cheveux ébrindillés dans le creux de l'oreiller.

La chambre se moutonne peu à peu d'une lumière crépusculaire. On entre dans un chaud

silence. Peut-être, à l'extérieur, le monde a-t-il cessé
d'exister.

— Qu'est-ce que tu fais ?
— Je te regarde.
— Je suis comment ?
— Jolie.
— Jolie et comment ?
— Jolie et excitante.
— Regarde.
La culotte n'est qu'une bandelette.
— Dis-moi quelque chose.
— Quoi ?
— Dis-moi ce que c'est que tailler une plume ?

Tu m'attends, j'ai donne rendez-vous, mais à
minuit j'aurai fini. Même avant. C'est mon type
qui se branle devant moi, tu sais ?

Vous voir éjaculer sans vous toucher, le sexe
énorme, après, je vous lécherais avec reconnaissance,
délice et respect.

Du haut de la fenêtre ouverte sur la rue.
— Toutes ces bites qui passent, que je n'aurai
jamais.

— D'abord, j'ai branlé, un jour, c'est un type qui
m'a mis sa queue dans la bouche et qui m'a dit de

sucer, je ne savais pas faire, j'avais peur d'avoir l'air
d'une idiote, quand le foutre m'a coulé dans la
bouche, j'ai eu une répulsion, j'ai tout craché, je
n'avais pas quatorze ans, mais à partir de ce jour-là,
je l'ai fait sans qu'on me le demande, ce que je ne
voulais pas, c'est la pénétration, je voulais rester
vierge pour celui que j'aimerais, conne que j'étais,
j'aurais mieux fait de me faire tirer tout de suite,
surtout qu'à mon âge, les hommes ça les secouait
dur, s'enfiler une gamine, ils étaient prêts à
n'importe quoi, j'espérais beaucoup de la pénétration, mais la première fois ça a été un fiasco,
comme la plupart du temps, j'aurais dû le savoir,
le lendemain de mon dépucelage, je me suis envoyé
deux hommes dans l'après-midi, l'un sur une banquette de bistro, j'avais inondé son pantalon.

— Vous pouvez me faire tout ce que vous
voulez, mais je ne veux pas qu'on me touche les
seins.

Elle écrit :
Dimanche.
J'ai fait l'amour avec toi en fin d'après-midi,
début de soirée.
J'ai tellement fait l'amour avec toi que je t'ai
commandé de te toucher le sexe au travers du panta-
lon dans l'assemblée où tu étais, de rabattre ta veste
pour qu'on ne voie pas que tu bandais. Je t'ai donné

*du plaisir au bout de ta queue pendant longtemps. Je
n'ai jamais été autant avec toi à distance.*

*Tu avais ton sexe en moi et je t'ai fait l'amour
J'ai été très heureuse de te sentir dans mon sexe.*

J'ai trouvé une paire de chaussures divines, en
satin noir.

Assis en face d'elle au bar dans les gros fauteuils
de cuir capitonné.

Elle suce la paille de sa boisson avec laquelle elle
fait tourner dans le verre les glaçons, dont elle prétend que ce sont des petites couilles.

Sur un geste de ma main, elle écarte un peu les
cuisses de façon à me laisser, dans l'enfoncement
ombreux, apercevoir la ligne de sa culotte.

— Ne t'occupe pas, prends, prends, décharge,
pourvu que tu sois bien.

Dressée sur le lit dans une danse nerveuse, elle
tombe à genoux, m'enfouit la tête sous elle et, sans
que j'aie réussi à la saisir, se jette à quatre pattes
par terre, sa robe en désordre révélant une fine lingerie noire.

Je suis si belle l'été.

Le matin est clair, sa lumière d'un bleu tendre. Elle marche avec lenteur dans les larges allées sablées du jardin. Les massifs de rhododendrons s'épanouissent sur les îlots d'herbe fraîche.

— Dis-moi un mensonge.
— Je t'aime.
— Salaud.

Dans une pièce sans charme de petites proportions, la fenêtre un peu haute dépourvue de rideaux, son lit, qui n'est qu'un large matelas posé à même le sol.

Elle écrit :
On sera deux tigres aux griffes acérées.

Si je suis habillée très court dans une robe légère, on me prend facilement pour une écolière, ils marchent à côté de moi en me disant n'importe quoi, très vite, ils veulent savoir si j'ai déjà vu un sexe d'homme, si j'en ai touché, combien, si je sais ce que c'est que branler, si je sais ce que c'est que sucer, si je n'ai pas envie de faire l'amour, ils ont une grosse voiture, un bel appartement vide, ils sont très gentils, je ne dois pas avoir peur, ils font des cadeaux, une fois, j'en ai suivi un, il avait un studio avec des œuvres d'art et le lit était rond, il a disparu, puis il est revenu en robe de chambre, je voyais son enflure sous la croisure, il nous a servi à boire, j'ai dit que je ne buvais pas d'alcool, il m'a déniché je ne sais quelle bibine verte à goût de menthe, les livres étaient entassés sur une petite table, il en a ouvert un et s'est assis à côté de moi sur le dos du fauteuil, les planches érotiques étaient tout ce qu'il y a de plus ringard, il me caressait la nuque, il avait un parfum qui m'entêtait, il m'a pris la main et l'a mise sous sa robe de chambre, son truc était gros, mais court, à partir de là, il ne s'est plus gêné, il n'a plus été question que de coups à tirer, de chatte ramonée, je sentais qu'il était persuadé qu'avec moi l'affaire était faite, je me suis mise à pleurer en poussant des cris, je sanglotais à fendre l'âme, il me disait mon petit, pourquoi, mon petit, aux quatre cents coups le séducteur de petites filles, je lui ai raconté que j'étais une provinciale sans le sou, qu'il me fallait une aide pour un hôtel, il m'a donné du fric et une adresse dans le coin, me promettant d'aller m'y rejoindre le soir même, sur le pas de la porte, il avait l'air tellement embarrassé que j'ai éclaté de rire, je lui ai dit textuellement Monsieur, vous avez été si gentil, je voudrais que vous me fassiez un dernier plaisir, je voudrais voir votre bite, j'ai cru qu'il allait me gifler, il m'a claqué la porte au nez, dans la rue j'en riais toute seule.

A l'abri de l'éclairage, le banc public un peu dis-
simulé par les verdures du jardin où se déroule la
fête foraine.

— Je veux bien vous laisser toucher, mais après
vous ne voudrez plus sortir avec moi.

La musique populaire dans le lointain.

— Touchez un peu mais pas beaucoup.

Les poils rugueux.

— J'ai une chambre à moi, pas loin, mais ce soir
je ne peux pas. Parce que après-demain je dois
avoir mes choses et j'ai remarqué que si un homme
me vient dessus, elles arrivent plus tôt et elles
durent plus longtemps.

Des ombres enlacées.

— Ce que je peux vous faire, c'est une pipe, mais
alors, vous, il faut que vous surveilliez de tous les
côtés, si jamais on nous voyait, ça irait mal. C'est
arrivé à une copine.

De son sac, elle sort un ustensile obscène.

— Tu as vu ?

Aussitôt sous sa jupe, s'en caressant de la pointe.

— Il n'y a pas un seul homme qui en ait une si
longue.

Me le plaçant entre les mains.

— Suce-la. Je l'ai déjà fait sucer à d'autres.
Mouille-la bien, après je me la mettrai. Je l'ai
apportée pour me la mettre devant toi. C'est une
belle bite, tu ne trouves pas ?

Entre ses lèvres.

— On en a plein la bouche. J en avais une autre.
Il y a quelques jours, j'étais seule, je la suce pendant que je lisais. A la fin, ça me chauffait tellement la langue que j'ai eu envie de mordre. J'ai
croqué. Tu sais ce que c'était ? Une carotte. Je l'ai
toute mangée.

Dès qu'arrive cinq heures de l'après-midi, j'ai
une envie folle de faire l'amour.

— Mon mari ne voulait même pas en entendre
parler. Ça lui était complètement égal que je le
garde ou que je le fasse sauter.

On est seule dans la nuit, sans sommeil.

— J'y ai pensé pendant des heures et des heures.
Je ne croyais pas que ça pouvait m'arriver à moi.

Il dormait à poings fermés.

— Est-ce que c'était un crime ou pas ?

Il ronflait.

— Une vie, c'est une vie, mais avec les trois pre-
miers, c'était assez.

Elle a monté seule les escaliers de l'hôpital. Elle
a croisé un homme, le visage ensanglanté. Son cœur
se serrait. Elle avait une peur affreuse. Il aurait
fallu quelqu'un avec elle.

Le médecin avait une tête de tortionnaire. Il ne
cessait de parler de l'intervention qu'il allait prati-
quer. Il eût fallu pouvoir se sauver. Il est trop tard.

On vous accuse presque de commettre un meurtre, du moins on vous le laisse entendre avec dégoût.

Il y a le bruit métallique des ustensiles de chirurgie. L'assistante pourrait être un secours moral. Elle a les lèvres pincées. Son regard reste insaisissable. On croirait que c'est une besogne qu'elle fait à contrecœur, la réprouvant. On touche le fond de l'humiliation. On redoute que tout ne se passe pas bien.

Le médecin vous montre l'embryon qu'il vient d'extraire. Vague forme grisâtre qui a plutôt l'air d'un champignon. On repart seule.

– Je suis dans la rue, je racole. Tu me trouves mignonne, tu t'arrêtes. Est-ce que tu me paierais cher ?

Elle fait devant moi aller son corps de haut en bas, le poteau de fer entre ses cuisses, le griffant voluptueusement de ses ongles.

J'aime l'été pour sa moiteur sexuelle.

Elle écrit :
J'aimerais que la nuit nous prenne le ventre ensemble.
Je suis si belle ce soir, toute de rose vêtue, étendue

*sur le plancher où nous pourrions ensemble passer de si
terribles moments.*

— Tu te mets du lait en tube sur le bout et je te
le lèche, comme si tu avais joui.

Gentiment suppliante :
— Fais l'amour à mes petits pieds.

Sa grande sœur a des gros nichons dans des soutiens-gorge noirs, le soir, dans la chambre qu'ils
partagent, elle se fait les ongles des pieds, les
jambes ramenées, sa jupe retroussée jusqu'à sa
culotte qui, souvent, est noire aussi, sa grande sœur
se caresse les nichons en se les regardant dans la
glace, elle a son gros machin plein de poils, il le
voit presque tous les soirs quand elle se déshabille,
couchée, il y a des fois où elle pousse des gémissements et le lit remue, un jour, sa grande sœur s'est
approchée de lui et a plongé sa main dans sa
culotte, il a eu peur, il ne comprenait pas ce qu'elle
lui voulait, sa grande sœur s'enferme dans les cabinets du dehors avec des garçons qui en ressortent
tout rouges, il n'y a pas longtemps, il a entendu sa
grande sœur dire quand j'ai du foutre, je suis heureuse, si heureuse, elle a dit aussi moi je pourrais
manger du foutre tous les jours, qu'est-ce que c'est
que du foutre pour que ce soit si bon, il finira sûre-

ment par le savoir, ça doit encore être une saloperie de gonzesse, parce que sa grande sœur, c'est une salope, même le père le dit, il dit à la mère ta fille, c'est une graine de salope, le jour où il était tellement en colère contre elle, il lui a même crié tu n'es bonne qu'à te faire enculer, enculer non plus, il ne sait pas ce que ça veut dire, toujours dans la chambre, un soir où il avait sommeil et que sa sœur ne voulait pas éteindre parce qu'elle repassait du linge à elle sur la petite table, il ne s'est pas gêné pour le lui dire, tu es une enculée, ça l'a fait rire, elle a sorti sa langue, elle s'est mouillé le bout du doigt et, avec, elle s'est touché l'endroit au bas-ventre, ça non plus, il n'a pas compris, ce qu'il aimerait, c'est que sa grande sœur lui dise tout ce que font les filles, mais il n'ose pas le lui demander, ça doit être drôlement dégueulasse, ou alors, il a pensé à autre chose, à aller tout doucement se glisser dans le lit de sa grande sœur un de ces soirs où elle fait des gémissements et que le lit bouge, il s'y mettrait tout nu, sans pyjama, on verrait bien ce qu'elle ferait, le jour de la lessive, on met pendre le linge à la fenêtre, il y a toujours une ou deux culottes noires de sa grande sœur, il fait ses devoirs mais il ne peut pas s'empêcher de lever les yeux dessus, il se les imagine quand sa grande sœur les a sur elle, qu'elle s'écarte en remontant les jambes pour se vernir les ongles et qu'on voit entre les cuisses.

Je ne suis plus qu'envie. Je t'attends.

Devant le petit déjeuner dans un fauteuil trop profond pour elle, le visage encore barbouillé par la nuit d'insomnie, les seins nus sous mon veston jeté sur ses épaules.

— Si j'étais très puissante, j'aurais un immense château avec des esclaves qui me serviraient chaque matin mon petit déjeuner et quand ils s'approcheraient de moi je les branlerais un peu pour qu'ils soient tous durs. Ensuite, ils s'aligneraient devant moi et je sucerais mes tartines en les regardant.

Sur la petite place vide, mal éclairée, contre un mur la silhouette ensachée dans un grand manteau sombre aux croisures tenues fermées à deux mains.

— Avec moi, on n'achète pas à crédit, je montre toujours la marchandise avant.

Elle écarte les pans du manteau sur une poitrine pesante, un ventre gonflé, des hanches larges dans une culotte malpropre, des cuisses trop grosses que comprime le bas au bout de sa jarretelle tendue.

— Je fais des prix pour des fantaisies.

Elle se recouvre. Le vent est froid.

Elle écrit :

JOUIR. T'avoir fragile dans mes bras. Moi, te faire l'amour de haut en bas. Je te possède de mes mains.

— Je saute sur une bite !

Les jambes repliées sous elle, elle saute en cadence sur le lit.

— Je suce une bite !

Elle incline la tête, avance ses lèvres.

— Je jouis sur une bite !

Cuisses ouvertes, ses cheveux en bataille, la tête dans des mouvements désordonnés, un long cri qui s'achève en s'amincissant.

Elle s'allonge, les bras sous la tête. Le ton comiquement désappointé.

— Je n'ai plus de bite.

Boucle de cuivre d'une ceinture.

Cet après-midi, en t'attendant, j'étais merveilleuse de noir et de rouge, tout en soie.

— Un jour, je te montrerai dans les rues tous les endroits où je me suis fait tirer.

Longue dans ses robes de prix, elle n'est de retour qu'aux petites heures du matin, souvent demi-ivre, soit qu'on l'ait raccompagnée, soit qu'elle ait longtemps erré au hasard des rues, fai-

sant des stations au comptoir des bistros où son état
et son élégance anachroniques attirent les hommes,
pour la plupart des ouvriers qui prennent une dernière tasse de café avant de se rendre à leur travail.

— Si j'en remarque un, je deviens tellement obscène avec lui que rien ne pourrait le retenir de me
suivre.

Molle de lassitude, elle s'écroule littéralement
dans le canapé de cuir mauve.

— Je n'en attends rien. C'est seulement son désir
qui m'intéresse. Ces pauvres types croient que parce
qu'ils ont une queue et deux couilles entre les
jambes ça les rend irrésistibles. Ils ne savent rien de
l'amour, rien des femmes, rien des subtilités de la
perversion.

Elle bâille, la tête jetée en arrière.

— J'exige que, pour me sauter, ils m'emmènent
à proximité de leur lieu de travail. Il n'y en a pas
un sur trois qui ose. Ils ne veulent pas être vus avec
une pute mondaine comme moi, dans une robe du
soir ou des fourrures.

Rire dédaigneux.

— Sais-tu qu'il y en a un qui ne savait pas qu'il
existe des robes fendues jusqu'à la taille et que ça
rendait malade de me voir marcher à côté de lui,
mes cuisses dehors à chaque pas. Il ne regardait que
ça, fasciné comme par un serpent. A un certain
moment je l'ai touché, uniquement pour me rendre
compte. Il ne bandait pas. C'était trop fort pour
lui, il avait l'air de se croire dans un autre monde.

Ses chaussures jetées devant elle sur le tapis, les
jambes étirées.

— Un jour, j'ai fini par en trouver un. Un malabar aux yeux idiots. Celui-là, il voulait tout ce que je voulais. Il m'a emmenée sur le chantier où il travaillait. C'était un grand bâtiment en construction. Je l'ai suivi, on a pris un monte-charge qui grinçait et on est arrivés à je ne sais quel étage, dans des débris de bois, de plâtre, de ciment et de vieux sacs. Ça m'a galvanisée. C'est moi qui l'ai déshabillé. Je me suis laissée tomber sur le tas de gravats et je me suis ouverte en lui tendant les bras. Ces gros types sont pires que des bêtes. Il avait joui avant même de s'accroupir devant moi. J'ai eu envie de lui nettoyer la queue, mais il sentait trop la sueur.

Se laissant glisser, le dos contre le canapé.

— C'était hier, hier matin, ou avant-hier, je ne me souviens plus. J'ai l'impression qu'à présent personne ne sait plus faire bander une femme. Toi, par exemple, qu'est-ce que tu ferais pour me faire bander, là, tout de suite ?

Les larmes jaillissent.

— Et premièrement, pourquoi ne veux-tu plus me baiser ? On faisait bien l'amour, autrefois, tous les deux, non ?

Elle tape rageusement des talons.

— Pourquoi ne me veux-tu plus ? Tu ne m'aimes pas. Tu ne m'as jamais aimée.

On croirait que son corps se casse en deux à hauteur de la taille. Elle n'est plus qu'une forme sanglotante d'étoffe et de cheveux.

Subitement redressée, les joues noircies de rimmel.

— C'est parce que je ne suis pas assez pute ? Apprends-moi. Lorsque tu m'auras bien dressée, alors, tu m'aimeras peut-être ?

Sa longue main aux longs ongles d'un rouge brun sur son sexe.

— Me branler par-dessus ma culotte, est-ce que ça va ?

Le soleil est un lait duveteux à travers l'épaisseur des tentures violettes des fenêtres.

Elle entre dans la boutique où elle me montre pour avoir mon opinion divers modèles de vêtements que, pour certains, j'approuve, dénigrant les autres.

Avec l'aide de la vendeuse, elle emporte ceux qui ont eu mon suffrage, me priant de la suivre jusqu'à la cabine d'essayage où elle congédie l'employée après qu'elle a déposé les vêtements sur un portemanteau et un tabouret.

Elle me fait entrer, tire derrière nous le rideau, libère le tabouret d'un geste, quitte sa culotte qu'elle place drôlement par-dessus le tas d'habits suspendus au porte-manteau, remonte sur ses cuisses sa jupe de cuir étroite, s'assied sur le tabouret, se penche en arrière, les jambes ouvertes tendues.

— Tu me soulèves et tu m'enfiles. Je resterai prise sur ta pine.

Tard dans la nuit, adossée au mur recouvert de tissu damassé de la chambre d'hôtel, mince dans une jupe de velours au col le nœud d'un petit lacet de couleur, son regard liquide, elle croque une pomme verte.

Prends-moi dans tes bras et tue-moi.

Seule, elle est assise depuis un long moment à une table de café, croisant et décroisant ses jambes lustrées par les bas teintés.
Je quitte le café, lui souriant. Elle me suit.
Dans la chambre.
— Allez-y, mais je serai très froide.

— Ce n'est pas ma mère, cette connasse, c'est mon père et mon grand frère qui m'ont dit que j'allais sûrement bientôt les avoir. Deux hommes J'en étais malade d'avance. Elles me sont venues en pleine nuit. C'est la tiédeur du sang qui m'a réveillée. J'ai allumé. J'ai soulevé le drap et j'ai vu du sang sur mes cuisses. Je me suis bourrée avec un mouchoir. Le lendemain matin, il y en avait encore plus. Je n'osais rien dire à ma mère et les deux autres me faisaient horreur. Je suis allée chez une camarade. Elle ne les avait pas encore, mais sa mère a été très gentille. Elle m'a donné tout ce qu'il fallait. Ça m'a laissé une impression d'angoisse.

Chaque fois qu'elles reviennent, le premier jour je ne me sens pas à l'aise, j'ai peur.

Les yeux fermés, alanguie, la voix implorante :
— Mets-moi de la bite, mets-moi de la bite.

Elle est courbée sur l'escalier de pierre qu'elle lave à grande eau, le bas de sa robe grise se relève, laissant apercevoir la large bande d'étoffe blanche du jupon et, parfois, lorsqu'elle se baisse davantage, le haut des cuisses dans des bas que rien ne semble retenir, il y a du vent, il fait froid, dans sa culotte courte, ses genoux et ses cuisses nus, il se sent écœuré, il est tôt le matin, il a bu un plein bol de café au lait tiède avec dedans du pain brisé, peut-être a-t-il envie de vomir, l'eau de rinçage est propre, mais sale celle qu'utilise la femme pour plonger une première fois la serpillière, elle sent le fade, le rance, le pourri, le moisi, la maison elle-même a cette odeur, fade, rance, pourrie, moisie, toutes les maisons de la rue ont la même odeur, toutes les femmes de ces maisons ont la même odeur, l'eau sale leur ruisselle sur les jambes, leurs bas sont mouillés d'eau sale, des jambes, des cuisses sales, pourquoi leurs yeux et leurs bouches ne seraient-ils pas sales eux aussi, et que font-elles, ces femmes, lorsqu'elles ne lavent pas à grande eau les escaliers de pierre, elles vont à la rencontre des hommes qui reviennent sales de leur travail, la peau de la figure sale, les mains sales, les vêtements sales, les chaussures sales, les rires sales quand ils prennent les femmes dans leurs bras, qu'ils les serrent contre eux et les embrassent, deux bouches sales qui se collent l'une à l'autre, lorsque vient l'heure de rentrer à la maison, il y a toujours de la saleté quelque part, dans la cuisine, sur le réchaud à gaz, dans une assiette oubliée sur l'évier, un verre à demi rempli de vin, les miettes du repas de midi sur la toile cirée de la table, une cuvette qui traîne, la grande femme qui a reçu l'eau sale sur ses jambes prépare le dîner pour l'homme et l'enfant qui ne disent rien, l'eau a séché sur les bas, mais la saleté n'a pas disparu, les bas en sont imprégnés, l'air en est imprégné, la lumière de la grosse ampoule jaune en est imprégnée, les murs d'un vieux brun écaillé aux angles desquels nichent des petites bêtes sales, sur la vitre, la nuit se colle comme de la glu, l'homme va se coucher, la femme le suit, on entend qu'ils s'embrassent encore, qu'ils font un bruit sale, qu'ils rient et gargouillent dans le lit aux draps sales, on sait aussi confusément, on se doute bien que c'est de cette saleté qu'on est soi-même né un jour et qu'un jour on mourra, que demain il y aura encore la serpillière sale dans l'eau épaisse qui giclera sur le bas de la femme courbée dans l'escalier de pierre, qu'il y aura du vent, qu'il fera froid.

Le couloir à la moquette par endroits trouée.
— Tu es marié ?

— Peut-être.

— Je te demande ça, parce que je ne comprends pas pourquoi un homme marié monte avec une pute.

La porte de la chambre est ouverte.

— On n'y voit rien dans leurs saloperies de chambres.

Lumière terne, liquoreuse de l'ampoule dans son abat-jour de carton.

— Voilà. On va bien s'amuser tous les deux. Tu me donnes mon petit cadeau ?

S'approchant.

— Mais, dis donc, tu bandes dur ! Tu veux que je te branle d'abord un peu dans le pantalon, comme ça ? Ça me plaît de la sentir dure dans le pantalon.

Sa main entoure le sexe.

— A la maison, elles ne vous font pas ça, vos bonnes femmes, hein ?

Elle écrit :
Je suis votre petite putain
enfantine
perverse
femme
fragile
salope
jeune fille
autoritaire
sensible

158

pute
tendre
dévergondée
ignorante
naïve et pute

Somptueuse dans une robe courte d'un brun
léger, ses cuisses découvertes à demi, la longueur
nerveuse de la jambe jusqu'au pied mobile sur les
pédales de la voiture dans une ravissante chaussure
assortie.

— Tu as vu ce monde fou, ce soir ?

La circulation est en effet si dense qu'elle oblige
à aller au pas.

— Imagine. Je m'arrête en pleine avenue et je te
suce. Surtout toi qui es long à venir. Ça ferait
quoi ?

Au volant, sa langue tirée.

— Dès que je pense à sucer, j'ai des fourmis au
bout de la langue.

Les filles à la porte des hôtels.

— Laquelle tu te paierais ?

Aucune d'elles n'a rien pour séduire.

— J'aime venir dans cette rue. Ce n'est pas tellement à cause des putes. Bien sûr, ça me fait un
peu, mais ce qui me fait surtout, ce sont ces
hommes qui restent plantés pendant des heures à
les regarder sans pouvoir en monter une faute

d'argent. Imaginer tous ces désirs, tous ces hommes en train de bander, ça me fait frissonner, ça me serre les dents. J'aurais envie de tous aller les sucer, là, debout, sur place, pour pas un sou. Lorsque je passe ici, j'ai mon sexe partout sur le corps. Je ne peux plus penser à rien d'autre.

En marin de fantaisie, la jupe bleue plissée, le corsage blanc sans manches laissant apercevoir le dessous du bras, le petit béret à l'arrière de la tête.

— Dehors, la nuit, on se met entre deux voitures, je m'assieds et il n'a qu'à m'enfiler, mais c'est toujours moi qui me la mets.

Elle tient dans sa main le sexe imaginaire, l'amène lentement vers elle, écarte les cuisses, le conduit jusqu'à son sexe, les hanches dansantes.

— Je regarde s'il n'y a pas quelqu'un qui vient, je surveille.

Se frottant sur le membre enfoncé.

— Dès que j'aperçois quelqu'un, j'arrête tout, je le prends dans mes bras comme si on était des amoureux, sauf que j'ai quand même la chatte pleine et que je continue à la sentir. Les gens s'en vont, on recommence.

Son bas-ventre ondule.

— Je leur dis toujours de jouir vite, ça les bloque et moi ça m'amuse.

Elle se recule.

— Je les serre tellement qu'en général ils ne tiennent pas longtemps.

Visage délicat.

— Entre les voitures, la sucette ce n'est pas pratique.

Elle virevolte. Sa culotte blanche un instant sous l'évasé de la jupe.

— Parfois, je reste là, et je reprends le premier qui passe. Il m'est arrivé d'en faire dix de suite. C'était comme dans un rêve. Je ne croyais pas que c'était moi. J'ignore pourquoi, je pensais à mes parents.

Assise sur le lit.

— Tu sais ce que j'ai imaginé, un soir ? Que je venais de finir avec un, que mon père passait, qu'il ne me reconnaissait pas et que je le prenais lui aussi sans qu'il se doute de rien.

Elle se remonte dans le lit, tire sous sa tête l'oreiller.

— Tu te représentes ? La bite de mon père que je me fourre dedans. Si ça se pouvait dans ces conditions, je crois que je jouirais à fond, pas comme avec les autres. Avec eux, je ne fais rien. C'est eux qui jouissent. Je m'en fous. Ce qui me plaît, c'est de les racoler, de leur sortir la queue et de me la mettre. Il y en a qui veulent qu'on se revoie. Ils ne comprennent vraiment rien, pauvres cons. Je veux des bites. Je ne veux pas de la parlote. Je fais ça au moins une fois dans la semaine, par exemple en rentrant chez moi. C'est le soir, on dévisage mal les types, je me mets à y penser, c'est malgré moi, je m'assieds entre deux voitures. Ce qui serait bien, ce serait de pouvoir le faire aussi le jour.

Elle s'étire.

— Je te plais en petit marin ? Déshabille-moi, il fait chaud, j'ai envie d'être nue dans la chaleur. J'aime que tu me déshabilles, parce que tu le fais lentement et que tu commences par les chaussures. Dès qu'on touche à mes chaussures, ça me crispe les nerfs. Je crois que c'est comme ça que j'aurais voulu qu'on me fasse la première fois. C'était un petit maigre. J'avais une culotte que je n'aimais pas, ma mère avait voulu me l'acheter, je me retenais de pleurer, j'étais très malheureuse. J'avais aussi peur qu'il ne trouve pas ma chatte assez grosse. C'est vrai qu'elle est petite, ça me faisait honte. J'avais entendu dire que les femmes qui ont beaucoup fait l'amour ont des chattes très grosses, ça m'angoissait, la chambre était triste, une tapisserie avec des aigles qui volaient et d'autres perchés sur des branches d'arbres décharnés. A cette époque-là, je ne pensais qu'à être embrassée, qu'à faire l'amour en s'aimant.

Elle écrit :
Sois une bite dressée pour moi. Je te ferai jouir de mes larmes qui, lentement, te branleront.

Et mes cheveux tout fous glissent sur tes lèvres, ton sexe, dans une immense douceur.

Ses lèvres sont deux enflures de chair pâle humide.

— Telle que je suis maintenant, je pourrais prendre le foutre de tous les hommes, en avoir partout, que ça me dégouline de la bouche sur le cou et les seins. Viens déchirer ma robe, je veux être un feu de femme. Je n'ai plus la force de bouger. Tout mon corps est dur. Viens me faire libre. Je suis la première femme du monde. Je suis Ève. Je vais rivaliser avec Dieu. Je sais que je peux rivaliser avec lui. Je suis en train d'être baisée par tous les hommes qui m'ont mise un jour. J'ai tous leurs sexes d'un coup. Je suis raide de bites. Arrache ma robe, ou je deviens folle.

DU MÊME AUTEUR

Récits

REQUIEM DES INNOCENTS, 1952, 1994, *Julliard*.

PARTAGE DES VIVANTS, 1953, *Julliard*.

SEPTENTRION, 1963, *Tchou*. 1984, *Denoël*. Collection Folio, 1990.

NO MAN'S LAND, 1963, *Julliard*.

SATORI, 1968, *Denoël*. Collection Folio, 1997.

ROSA MYSTICA, 1968, *Denoël*. Collection Folio, 1996.

PORTRAIT DE L'ENFANT, 1969, *Denoël*.

HINTERLAND, 1971, *Denoël*.

LIMITROPHE, 1972, *Denoël*.

LA VIE PARALLÈLE, 1974, *Denoël*.

ÉPISODES DE LA VIE DES MANTES RELI-GIEUSES, 1976, *Denoël*.

CAMPAGNES, 1979, *Denoël*.

ÉBAUCHE D'UN AUTOPORTRAIT, 1983, *Denoël*.

PROMENADE DANS UN PARC, 1987, *Denoël*.

L'INCARNATION, 1987, *Denoël*.

MEMENTO MORI, 1988, *L'Arpenteur-Gallimard*.

LA MÉCANIQUE DES FEMMES, 1992, *L'Arpenteur-Gallimard*. Collection Folio, 1994.

C'EST LA GUERRE, 1993, *L'Arpenteur-Gallimard*. Collection Folio, 1996.

L'HOMME VIVANT, 1994, *L'Arpenteur-Gallimard*.

LE MONOLOGUE, 1996, *L'Arpenteur-Gallimard*.

LE SANG VIOLET DE L'AMÉTHYSTE, 1998, *L'Arpenteur-Gallimard*.

Poésie

RAG-TIME, 1972, *Denoël*. Collection Folio, 1996.

PARAPHE, 1974, *Denoël*.

LONDONIENNES, couverture de Jacques Truphémus, 1985, *Éd. Le Tout sur le Tout*, Paris.

DÉCALCOMANIES, lithographie de Pierre Ardouvin, 1987, *Éd. Grande Nature*, Verchany.

A.B.C.D. ENFANTINES, illustrations de Jacques Truphémus, 1987, *Éd. Bellefontaine*, Lausanne.

NUIT CLOSE, 1988, *Éd. Fourbis*, Paris.

TÉLÉGRAMMES DE NUIT, lithographies de Catherine Seghers, 1988, *Éd. Hesse et Tarabuste*.

DANSE DÉCOUPAGE, illustrations de Philippe Cognée, 1989, *Éd. Tarabuste,* Saint-Benoît-du-Sault.

HAÏKAÏ DU JARDIN, 1991, *L'Arpenteur-Gallimard*.

FAIRE-PART, illustrations de l'auteur, 1991, *Éd. Deyrolle*, Paris.

SILEX (in RAG-TIME), illustrations de Jacques Truphémus, 1991, *Éd. Les Sillons du Temps*, Menthon-Saint-Bernard.

FRUITS, illustrations de l'auteur, 1992, *Éd. Hesse*, Saint-Claude-de-Diray.

L'ARBRE À SANGLOTS, gravure de l'auteur, 1993, *Atelier d'art Vincent Rougier*, Ivry-sur-Seine.

LES MÉTAMORPHOSES DU REVOLVER, illustrations de Franck Na, 1993, *Éd. Vestige*, Saint-Montan.

BILBOQUET, couverture de l'auteur, 1993, *L'Arbre à Lettres*, Paris.

PETIT DICTIONNAIRE À MANIVELLE, illustrations de l'auteur, 1993, *L'Œil de la Lettre*, Paris.

NATIVITÉ, illustrations de Lise-Marie Brochen, Christine Crozat, Claire Lesteven, Frédérique Lucien, Kate Van Houten, Marie-Laure Viale, 1994, *Éd. Tarabuste*, Saint-Benoît-du-Sault.

TON NOM EST SEXE, illustrations de Denis Poupeville, 1994, *Éd. Les Autodidactes.*

BAZAR NARCOTIQUE, suivi de ÉTATS DE SOM-MEIL, 1995, *Éd. Tarabuste*, Saint-Benoît-du-Sault.

CERF-VOLANT, suivi de PASSE-BOULES, 1995, *Éd. Tarabuste*, Saint-Benoît-du-Sault.

OUROBOROS, 1995, *Éd. Tarabuste*, Saint-Benoît-du-Sault.

COLIN-MAILLARD, 1995, *Éd. Tarabuste*, Saint-Benoît-du-Sault.

DIABOLO, suivi de CHAT PERCHÉ, 1995, *Éd. Tarabuste*, Saint-Benoît-du-Sault.

VOYAGE STELLAIRE, 1995, *Éd. Tarabuste*, Saint-Benoît-du-Sault.

UNE ALLUMETTE PREND FEU, PISSCHTT, illustrations de l'auteur, 1995, *Éd. Tarabuste*, Saint-Benoît-du-Sault.

NON-LIEU, 1996, *Éd. Tarabuste*, Saint-Benoît-du-Sault.

PILE OU FACE, 1996, *Éd. Tarabuste*, Saint-Benoît-du-Sault.

HAUTE TRAHISON, suivi de BALCON TROPICAL, 1996, *Éd. Tarabuste*, Saint-Benoît-du-Sault.

DROGUERIE DU CIEL, 1996, *Éd. Hesse*, Saint-Claude-de-Diray.

Théâtre

THÉÂTRE COMPLET. Illustrations de Catherine Seghers, *Éd. Hesse*, Saint-Claude-de-Diray.

PIÈCES INTIMISTES (Trafic — Chez les Titch — Les Miettes — Mo — Tu as bien fait de venir, Paul — L'Entonnoir — Les Derniers Devoirs — L'Aquarium), 1993.

PIÈCES BAROQUES I (Mégaphonie — Les Mandibules — L'Amour des mots — Opéra Bleu — Le Roi Victor), 1994.

PIÈCES BAROQUES II (La Bataille de Waterloo — Aux armes, citoyens ! — Le Serment d'Hippocrate — Une souris grise — Un riche, trois pauvres — Les Oiseaux), 1994.

PIÈCES BAROQUES III (Black-out — Les veufs — Clap — Le Délinquant), 1996.

Essais

LES SABLES DU TEMPS, 1988, *Éd. Le Tout sur le Tout*, Paris.

DROIT DE CITÉ, 1992, *Éd. Manya.* Collection Folio, 1994.

PERSPECTIVES, illustrations de l'auteur, 1995, *Éd. Hesse*, Saint-Claude-de-Diray.

Carnets

LE CHEMIN DE SION (1956-1967), 1980, *Denoël.*

L'OR ET LE PLOMB (1968-1973), 1981, *Denoël.*

LIGNES INTÉRIEURES (1974-1977), 1985, *Denoël.*

LE SPECTATEUR IMMOBILE (1978-1979), 1990, *L'Arpenteur-Gallimard.*

MIROIR DE JANUS (1980-1981), 1993, *L'Arpenteur-Gallimard.*

RAPPORTS (1982), 1996, *L'Arpenteur-Gallimard.*

ÉTAPES (1993), 1997, *L'Arpenteur-Gallimard.*

Entretiens

UNE VIE, UNE DÉFLAGRATION, entretiens avec Patrick Amine, 1985, *Denoël*.

L'AVENTURE INTÉRIEURE, entretiens avec Jean-Pierre Pauty, 1994, *Julliard*.

Composition Firmin-Didot.
Impression Bussière Camedan Imprimeries
à Saint-Amand (Cher), le 28 septembre 1998.
Dépôt légal : septembre 1998.
1er dépôt légal dans la collection : avril 1994.
Numéro d'imprimeur : 984682/1.
ISBN 2-07-038863-8./Imprimé en France.

88649